大魚讀品
BIG FISH BOOKS

让日常阅读成为砍向我们内心冰封大海的斧头。

有时看到一些关于年龄的书，不管是谁写的，总不免要说上了年纪是件美好的事。你会聪明睿智、淡定如菊，这该有多美好。我真受不了这种满嘴胡说八道的人。他们的脑子进水了吗？难道他们没有脖子吗？

我的脖子让我很不爽

I FEEL BAD ABOUT MY NECK

[美] 诺拉·艾芙隆 / 著　　李亚萍 / 译

N o r a　E p h r o n

北京联合出版公司
Beijing United Publishing Co.,Ltd.

图书在版编目（CIP）数据

我的脖子让我很不爽 / （美）艾芙隆著；李亚萍译.
— 北京 ： 北京联合出版公司，2015.3
ISBN 978-7-5502-3433-8

Ⅰ. ①我… Ⅱ. ①艾… ②李… Ⅲ. ①随笔－作品集
－美国－现代 Ⅳ. ①I712.65

中国版本图书馆CIP数据核字(2014)第190702号

北京市版权局著作权合同登记号 图字：01-2014-5197

我的脖子让我很不爽

作　　者：诺拉·艾芙隆
译　　者：李亚萍
策划监制：冯　倩
责任编辑：史　媛
特约编辑：万巨红
封面设计：lemon

北京联合出版公司出版
（北京市西城区德外大街83号楼9层　100088）
北京旭丰源印刷技术有限公司印刷　新华书店经销
字数：92千字　889毫米×1194毫米　1/32　印张：7
2015年3月第1版　2015年3月第1次印刷
ISBN 978-7-5502-3433-8
定价：35.00元

献给尼克、雅各布和马克斯

目录

/// 我的脖子让我很不爽

I feel bad about my neck ///

我的脖子让我很不爽。真的。

如果你看见我的脖子，大概也会不爽，只是很可能会出于礼貌而隐忍不发罢了。如果我对你说这样的话，比如“我真受不了我的脖子”，你绝对会说些好听的话，像是“看起来挺不错的嘛”。你当然是在撒谎，但我原谅你。我也一直都在撒这样的谎，当朋友说她们因眼袋、下颌松弛、皱纹或腰部赘肉而忧心忡忡，问我她们是不是该去做个去眼袋手术、拉拉皮、注射肉毒杆菌或是做个抽脂时，我差不多就得撒谎。根据我多年的经验，“看起来挺不错的嘛”这一句的潜台词其实是“我知道你什么意思，不过休想把我也拖下水跟你讨论这个话题，神经病”。我们都知道，讨论这个话题太危险了。如果我说：“是的，我完全明白你的意思。”那我的朋友很可能会立马出去做个眼部整形手术，手术可能会失败，然后你在八卦小报上读“女子因去眼袋而致无法闭眼，结果与整容医生对簿公堂”之类的文章时可能会看到她的芳名。接下来我就得说重点了：一切可能都是我的错。我对“都是我的错”之类的事尤其敏感，因为有一件事我永远都不能原谅：那是在1976年，一位朋友劝我不要买曼哈顿东75街上一套漂亮的公寓（为此我后悔不迭）。

我有时会和闺蜜出去吃午餐——真对不起，我写得太过，连自己都看不下去了。总之我的意思是女性朋友。我们可不是闺中少女，我40年前就失去了这一身份。言归正传，有时我们出去吃午餐，我环视餐桌，发现大家居然都不约而同地穿上了高领衫。还有一些时候，我们都系上丝巾，颇有凯瑟琳·赫本在《金色池塘》中的风情；有时甚至还会齐齐穿上中式立领上衣，看起来就像白人淑女版的《喜福会》。有几分滑稽，亦有几分悲哀，因为我们不是那种对年龄过敏的人——比如，我们都不会隐瞒自己的年龄，我们也不会玩儿老黄瓜刷绿漆的把戏。在我们这个年纪能保养成这样已属不易，除了我们的脖子。

哦，脖子。这世上有鸡脖子、雄火鸡的脖子，还有大象的脖子；有悬着肉垂的脖子以及皮松肉垮马上就要进化成肉垂型的脖子；有瘦嶙嶙的脖子、肉嘟嘟的脖子、松垮垮的脖子、干皱的脖子、布满斑纹的脖子、皱纹横生的脖子、青筋暴起的脖子、下垂的脖子、不复紧致的脖子、肤色斑驳的脖子，还有集以上之大成的极品脖子。我的皮肤医生说，脖子是从43岁开始走形的，就是这样喽。脸可以涂化妆品，眼睛下面可以涂遮瑕霜，头发可以染，皮肤松弛可以注射胶原蛋白、肉毒杆菌以及玻尿酸。但如果不动手术的话，你只能对着该死的脖子干瞪眼。脖子是百分之百的泄密者。我们的面孔写满了谎言，但脖子却寸寸真理。你得把红杉砍了才能知道它的年龄，如果它有脖子，就没这么麻烦了。

我比较悲剧，还没到43岁，脖子就走样了。我做过一次手术，在锁骨正上方留下了一道可怕的疤痕，实在惨不忍睹。经过这次惨痛的经历，我终于明白，并非所有的知名外科医师都天资出众，能把人缝得天衣无缝。如果这篇文章让你一无所获，亲爱的读者，那下面有一点可得千万记住了：除非你请整形医生站在手术室里，密切留意一切状况，否则不要在身体的任何一个部位动刀。原因很简单，即便你因为某种严重伤患或潜在的严重伤患而动手术；即便你真真切切地认为健康远比外表重要；即便你在病房里醒来时激动得溢于言表，“老天，幸好不是癌症”；即便你喜获重生，完全看不清什么重要什么不重要；即便你发誓说一定要永永远远为自己存在于这个地球而欢呼不已，并一再保证绝不再因为任何事而抱怨，我保证，很快有一天（而且快得超出你的想象），你就会揽镜自照郁闷地想：我恨这道伤疤！

好了，我们再来谈谈照镜子。这是上了年纪后我注意到的另外一件事：我会竭尽所能不照镜子。如果路过一面镜子，我会自觉移开目光。如果不得不照，我便会眯上双眼，因此即使镜中骇人的影像瞪着我，我也差不多闭上了双眼，权当是自卫。当光线很好的时候（我真心希望不要这样），我常常会像我们这个年纪的许多女人照镜子时那样：把脖子上皱巴巴的皮肤轻轻往后一拨，然后深情款款地端详着镜中年轻版的自己。（顺便说一句，我还有另一个伟大的发现：如果你想尝尝痛彻心扉是什么感觉，那不妨坐在车后座里，正好就在驾驶座后面的位置上，然后欣赏后视镜中的自己。后视镜到底有什么奇妙之处？我说不上来，总之，对于脖子来说，这世上没有比它更恶毒的镜子了。这是当代生活中最为神奇的奥妙之一，就和浴室里的冷水比厨房里的冷水更冷是一个道理。）

但是，我的脖子——言归正传，该讲我的脖子了。我知道你会想什么：为什么不去做个整形手术呢？我告诉你为什么吧。如果你去找整形医生并告诉他说你想整整脖子，他会毫不客气地告诉你先得做个面部拉皮，不然整了脖子也没用。他说的可是字字箴言。可不是为了哄你多花钱。事实在于，这是个牵一发而动全身的手术。如果你想做颈部紧致术，那必须也得顺便把脸拾掇一下。但我不想做面部拉皮。如果我是玛芬脸，长得圆鼓鼓、肉嘟嘟的，那我也许会咬咬牙走上手术台——玛芬脸可是做这种活儿的绝佳材料。但是老天啊，我就像只鸟，脸小得可怜，如果做面部拉皮，脖子肯定会像样得多，但脸就会被拉得紧绷绷、直挺挺的。我情愿眯缝着眼睛，端详着镜中惨不忍睹的脸和脖子，也不愿与镜中那张脸绷得如鼓垫、一脸狐疑的陌生人面面相觑。

有时会看到一些关于年龄的书，不管是谁写的，总不免要说上了年纪是件美好的事。到了这个时候，你会聪明睿智、淡定如菊，这该有多美好。更妙的是，你还能懂得生活中什么最重要。我真受不了这种满嘴胡说八道的人。他们的脑子进水了吗？难道他们没有脖子吗？他们到底有没有受够遮遮掩掩的穿衣风格？这世上本来有百分之九十的衣服可以买，可就是因为会暴露颈部线条而只能忍痛放弃，对此他们是不是不介意？他们真不觉得只能买勒死人的高领装是一种悲哀吗？这一生中有过无数痛心的遗憾，比如没有买东75街上的那幢公寓，再比如经历过惨痛的爱情灾难，但最让我撕心裂肺的，还是我居然没有在年轻的时候温情脉脉地欣赏过自己的脖子。我从没想过要对它心存感激，亦从没料到这个曾经被我视为理所当然的身体部位，现在竟会让我如此怀旧感伤。

如今的我确实上了年纪，这一点毋庸置疑。我变得聪明睿智又成熟稳重了，而且我也真正懂得了生活中什么最重要。但你知道我觉得什么最重要吗？我的脖子。

/// 我恨手袋

I hate my purse ///

我恨手袋，我真是恨死它了。如果你是那种见到手袋就两眼发光的女人，那么请不要费神看这篇文章，因为它和你显然不是一条道上的。这篇文章适用于那些痛恨手袋，对手袋一窍不通，且明白手袋反映的是疏于理家、做事毫无章法、有慢性“扔东西无能症”、搭配起那些处理要求高难度大的配饰永远失败的一类女人。她们的手袋里装满了莫名其妙的物品，例如几粒散落的Tic Tac糖、几片孤零零的布洛芬止痛片、丢了盖子的口红、年代久远的唇膏、几根烟丝（尽管十多年都没抽烟了）、从包装袋里掉出来的卫生棉条、去年十月去伦敦旅游带回来的几枚英国硬币、不知道哪一年坐飞机留下的登机牌、天知道是哪家酒店的房间钥匙、漏水的圆珠笔、完全无从考证是否用过的纸巾、一副遍布刮痕的眼镜、一只八百年以前的茶包、几张从支票簿上散落下来的皱巴巴且污迹斑驳的支票，以及没采用任何包装、看起来就像一直被用来刷银器的牙刷。

这篇文章谨献给那些到了七月中旬才想起自己还没买夏款手袋或隆冬之际仍背着草编包满街走的女人。

也献给那些认为一只手袋卖五六百美元无异于光天化日打劫的女人。在此有必要声讨一下那个叫铂金包的顶级玩意儿，居然可以卖出一万美元的天价，而且你连它的边都不配摸，因为就算想买也没排队的资格。老天，还要排队！就为一只手袋！花一万美元最后还不是装满了那些不知道是猴年马月的Tic Tac糖！

简而言之，如果你是女人且懂得把手袋这种玩意儿与其主人画上等号的方式绝对变态，那这篇文章就是为你而写的。那位说过“朕即国家”（L'etat c'est moi）的路易十四要不是用不着手袋，那他也许会说“朕即手袋”（Le sac,c'est moi）。

许多年以前，我就意识到我对手袋不在行，甚至有一阵子都没用手袋。我是自由作家，大半时间宅在家里。我不需要挎着手袋从书房走到厨房。出门的时候——通常是晚上，我常常只在衣袋里塞一管口红、一张20美元的钞票和一张信用卡。这是一只晚宴包能塞下的所有东西，我没必要买晚宴包，因而省了一大笔钱。晚宴包比一般的手袋贵得多，除非你是马克思主义者，否则很难明白是怎么回事儿。[1]

可不幸的是，有时我出门还是得带点除基本品之外的东西。但这个问题很好搞定，我买了一件有大口袋的大衣。这样一来，我就把大衣变成了手袋，起码好过随时挎一只手袋。无论怎样都比挎手袋好。

下面讲讲有了手袋的下场。最开始你用小手袋。你对自己保证一定会保持手袋的整洁。你发誓说“这次我一定改”。你只放必需品——钱包和几样化妆品，还有模有样地把化妆品放入一只崭新锃亮的化妆包（你的“超人”女友恨不得同时挎几

1. 马克思认为，资本的本质就是追求利润的最大化。——译者注

只手袋，她们用的就是这种化妆包）。不过，不出几秒钟，你的手袋便积攒了一大堆生命的残骸。化妆品不知怎的从锃亮的化妆包里掉了出来（好吧，你忘了拉上拉链），硬币又从钱包里滑了出来（好吧，你忘了扣上零钱袋），信用卡又鬼使神差地坠入了手袋底部的深渊（好吧，买了防晒霜之后，你忘了把信用卡放回钱包，而且你在高速公路上以时速70英里的速度行驶时搽了防晒霜，结果忘了盖盖子，现在防晒霜把手袋的内衬都弄脏了）。更要命的是，手袋中有相当一部分空间被所谓的“技术奇迹”给占据了，顺便谈谈这种“技术奇迹”吧，它掌管着你的地址簿和日程表——这个也不一定，有时没电了一切都玩儿完。此外，还有半瓶水和吃飞机餐时省下的一些零食（万一哪天饿得头昏眼花，突然想吃一块嚼起来如塑料一般的奶酪蛋糕时，它就派得上用场了）。也许你还能把球鞋塞进手袋，是的，我向上帝保证，这种事你干得出来！不知不觉之中，你的手袋就差不多有20斤重了，你背着这么重的手袋四处奔走，搞不好还有可能患上滑囊炎，甚至还得开刀。你的一切都在手袋里，光凭手袋就可以把哥萨克人打得抱头鼠窜。可问题在于，你打开手袋却什么也找不到。它只是一个塞满了东西的大黑洞，你得花几个小时四处摸索。也许手电筒派得上用场，不过一旦把它放入深似海的手袋，就免不了“从此手电筒是路人”的结局了。

那解决方案是什么呢？我已不复为整日宅在家的自由作家。我需要东西。我需要上班用的东西。我需要能够救我这一张老脸于水火的化妆品。我需要一只手袋，这简直是人间惨剧。我费了一些时间寻找答案。就像那些毅然投身于卡巴拉教[1]、山达基教[2]或瑜伽的好莱坞女人一样，但凡见到任何一篇宣称能以这样或那样的方式

1．犹太教中神秘的一支，歌手麦当娜和莎拉・布莱曼就是卡巴拉教的忠实信徒。
2．又称科学教。新兴宗教之一。是由美国科幻小说家L.罗恩・贺伯特创立的信仰系统。

将我从手袋惨剧中拯救出来的文章，我都会虔诚拜读一番。我曾想，也许解决方案是买两只手袋。于是我真就买了两只，一只装私人物品，另一只装工作用品（是的，我当然知道那另一种手袋通常叫公文包）。这套系统对大多数人都管用，但对我毫无用处。原因很明显，我前面就说过：我不是个做事有条理的人。于是我又试了另一个解决之道，那就是斥巨资买手袋，也许看在手袋这么贵的分儿上，我会被迫改改自己的性子，结果还是无济于事。我还试了Prada风格的那种既可双肩背也可单肩背的包，只是我刚刚买完就过时了，总之我为此付出了无数心血，最后把自己折腾得像个夏尔巴人[1]。

然后有一天，我发现自己和一位女友来到了巴黎，且女友宣称她此行的目的是买一只凯莉包。也许你知道什么是凯莉

1．尼泊尔和印度的山地民族，以“喜马拉雅山上的挑夫”著称。

包，可我不知道，连听都没听说过。什么是凯莉包？我问。女友白了我一眼，也许她觉得我简直就像是在山洞里睡了一个世纪的原始人。然后她解释，凯莉包是成名于20世纪50年代的一款爱马仕包，因格蕾丝·凯莉王妃而闻名，从此就以王妃的姓氏来命名了。这款包非常经典，价值等同于全世界最完美的一串珍珠项链。虽然这款包目前仍在生产，但我的女友不想要新的。她要的可是复古型的凯莉包。她听说跳蚤市场上一位卖主手里有几只这样的包，但市场仅在周末开放，我们只得耐心等待、用这几天时间来吃喝玩乐。在女友看来，所有的这一切都只不过是一场大戏的序幕。这只包得要多少钱？我问。当她说大约3000美元的时候，我差点灵魂出窍。3000美元买一只旧手袋？这还不算飞机票的钱。（如果你正在计算的话，我可以告诉你，这笔账我算过了。）

言归正传，最后我们去了跳蚤市场，并找到了凯莉包。

我不知道该说什么，它看起来就像我母亲以前背过的那种包。里面差不多什么也装不了，挂在我女友的手臂上有如一块铁板。我也许对手袋不懂行，但至少懂一点：任何直挺挺地挂在手臂上的手袋（而不是背在肩上的）不仅使你立即老十岁，而且会让你的半边身子僵硬起来。在这个现代世界里，你的手臂必须自由。我在此无意上纲上线，但一只手袋（就像高跟鞋一样）确确实实会削弱你自由行动的能力。这世界永远不会时兴男人手挽一只小挎包吧，原因之一正在于此。如果你的一只手被手袋占住，就意味着所有用两只手才能完成的趣事，比如冲入人群杀出一条血路、张开双臂拥抱心爱的人、勇攀成功高峰、疯狂拦出租车这些，都得与你告别了。

但不管怎样，女友还是买了凯莉包，并为此花了2600美元。颜色不是她想要的，但胜在型不错。当然，这只包必须马上做防水处理，因为一旦淋上一点儿雨，一半的价值就泡汤了。防水处理？淋雨？我居然从没想到手袋淋雨是件严重的事，就更别提做什么防水处理了。就在那一刻，我在心底埋怨起了我母亲，她怎么从来不教我如何呵护手袋呢？我几乎要自怜起来。但午餐时间已到。

我们俩去了一家小餐馆，凯莉包就供在桌子中间，有如纪念购物凯旋的一尊小型神龛。然后，就在餐馆外面，雨点从天而降。女友的双眼开始溢满泪水，双唇闭得紧紧的。要写实一点儿的话，那就是她的双唇鼓得恰如凯莉包一般。这是一场倾盆大雨，她的凯莉包还未做防水处理。一整个下午，她只得坐在那里等雨停，总之，心爱的包是一丝湿气也沾不得的。我觉得她和她的凯莉包很可能会坐在那里直到海枯石烂。岁月如梭，沧海桑田，雨就这么一直下着。她慢慢变老（但凯莉包不会），到了最后，一出现代版的罗德之妻化盐柱戏上演了[1]，女友和她的包融为一体，化身为一座恋包狂的雕像。人们为她写乡村音乐，写寓言。就在那一刻，我不再为手袋而纠结了，我宣布放弃。

我回纽约给自己买了一只手袋。呃，其实也不能算是手袋。它只是个袋子。绝对是我这辈子拥有的最理想的袋子。上面有纽约市捷运卡的图样，黄色和蓝色的结合，黄是出租车的黄，蓝则是最令人发指的皇家蓝。因此，它和什么衣服都不搭。正因为如此，从更深层次的角度来看，它又是那种百搭良品。它是塑料的，所以百分百防水，无论是一年中的哪一个季节，它都貌不出众。它差不多没花什么钱（26美元），我以后都不会换“新欢”了，因为它看起来绝对背不烂。更重要的

1．罗德是《圣经·创世记》里的一位君子，住在所多玛城里。由于所多玛、蛾摩拉两地的人罪孽深重，上帝决定降天火毁灭他们，事前遣天使叫罗德偕妻子、女儿一起出城，但不可回头望。罗德的妻子按捺不住好奇心，出城之后回头望了一眼，马上变成了一根盐柱。

是，它从来就没流行过，所以永远也不会过时。

我得承认，这只袋子并非万能。在个别情况下我还是得用手袋，这真是讨厌。但大多数情况下我还是背着我的捷运袋四处奔走。无论走到哪里，人们总对我说，这只袋子真漂亮。你在哪里买的？我告诉他们，我是在中央车站的交通博物馆买的，而且买袋子的钱可使本已十分出色的纽约市地铁系统更上一层楼。据我所知，他们离开后都去买了这种袋子，不过也许没有。但这无关紧要，重要的是，我现在很开心。

/// 阶段性专一：关于美食的回忆

Serial monogamy: a memoir ///

我的第一本烹饪书来自于我母亲。那是1962年，我带着母亲送的《美食家食谱》（卷一）和几套床上用品——我记得枕套是白色的，上面有荷叶边——开始了我的纽约生活。《美食家食谱》是一本硕大无比的书，封面为暗红偏棕色。它由《美食家》杂志的编辑汇编而成，里面有很多令人佩服又不免有一丝心碎的精美绝伦的美食照片。这本杂志的风格一向如此。只是因为拥有这本书，我母亲的生活就发生了改变。它出现于20世纪50年代，在这之前，母亲一直都是尽可能远庖厨的千金之躯。我们家有一个能干的南方厨娘伊芙琳·霍尔，她擅长做像烤牛肉、炸鸡和绝顶美味苹果派这样的经典美国食物。但是拜《美食家食谱》所赐，伊芙琳总算开始做马伦戈炖鸡和焦糖布丁了。不久之后，母亲也开始屈尊进了厨房，还从零开始学做起了中式蛋卷。在这本书的第36页，有这种食物的食谱，可它并没有告诉读者做这种蛋卷要倾注多少时间和心血。要知道，一个人耗费了几个小时做蛋卷，结果远不如中餐馆外卖的好吃，这得给家人带来多大的压力？可这本食谱只字不提。

拥有《美食家食谱》让我觉得自己的成熟与精致程度猛长。多年以来，每逢朋友结婚，我都会送这本食谱做礼物。它不仅是成人世界的象征，而且也是了解和鉴赏美食的途径，通读它权当是获得了美食大学学历。但我可从没像一般人参照食谱那样正儿八经地用过这本书，比如把它摊开放在备餐台上，一边看一边制作美食（黄油汁和巧克力汁也许会溅在书页上），和书进行一轮单相思式的谈话。简而言之，就是和它建立感情。这些我都没有。

在纽约的第一年，我用得最多的烹饪书是一本名为《法国味道》的小书。这是一位女强人送给我的，我叫她简。她比我年长，初到纽约的第一个夏天我们便相识了。当时简25岁，她使我脱胎换骨。她不仅介绍我看烹饪书，还带我品尝了布里干酪和吞拿鱼汁牛仔肉，甚至引荐我光顾东60街上那家著名的煎蛋卷店。事实上，第一次去那家煎蛋卷店——那时它叫“里昂罗曼夫人”——之时，我还在《新闻周刊》跑腿打杂，一个星期只赚55美元。看到一只煎蛋卷要卖3.45美元时，我几乎当场晕倒。此外，简还向我介绍了“同情人”（one away）的概念。如果你和某个女人睡过同一个男人，你们就是“同情人”。简睡过许多潜力巨大的记者、编辑和小说家，其中一个名头最大的男人在和简一夜欢娱后，送了她一本书作纪念（他把他的书都放在门口旁边的一个纸盒中，送人非常方便）。据简说，当她准备出门的时候，男人的原话是这样的：“走之前拿一本。”

在肯尼迪总统遇刺的那一晚，简举办了晚宴，尽管举国悲痛，但我们寻欢作乐的工夫可一点儿没耽误，这种事儿一向如此。简上了一道开胃菜，叫蛋黄酱沙司芹菜，这道菜我从没见过，直到现在也没弄明白它到底是什么。几个月之后，我睡了一个简也睡过的男人，于是我们就成了“同情人”。我们的友谊到此为止，但有趣的是，我和《法国味道》的友谊却幸存了下来。

《法国味道》只有记事簿那般大，约莫长20厘米、宽15厘米的样子，收录了纳西莎·张伯伦及其女儿纳西丝写的一小块一小块的食谱，再配上纳西莎的丈夫（即纳西丝的父亲）塞缪尔·张伯伦（Samuel Chamberlain）在法国拍的大幅黑白旅行照片。我对照着这本书做菜时，基本上对神秘莫测的张伯伦家族没怎么关注。等到关注起他们，也差不多是我做菜失败的时候。

首先我就想不通，一个叫纳西莎的女人怎么能给女儿起名叫纳西丝啊？她为什么会这样呢？我也想不通他们是怎么合作的。他们三个人是一起坐车环游法国吗？那么是不是会为谁该坐后座而争得不可开交呢？纳西丝喜欢与父母一同工作吗？如果喜欢的话，她这人是不是有毛病？

话说回来，张伯伦家的食谱简单易学，百分之百傻瓜型。我只花大约五分钟就学会了做一种味道绝美的巧克力慕司，还学会了做另外一种甜点——奶油焦糖梨丁。多少年来，焦糖梨丁一直是我的最爱。然而，自从烤布蕾年代开始之后，巧克力慕司就从我的拿手菜单里隐退了。

有两大历史事件在我搬到纽约之前登上了历史舞台：第一是避孕药诞生了，第二是茱莉亚·蔡尔德（Julia Child）的烹饪书出版了。结果，所有人都在床上翻云覆雨，云收雨住后，大家又开始去厨房做吃的。当时，我有一个闺蜜和她心爱的男人同居了。她母亲勃然大怒，警告她说那个男人绝不会娶她，既然已经上了车又何须买票。她母亲说：“你做什么都可以，只是千万别给他做饭。”可为时已晚，她已经给他做饭了。总之他最后还是娶了她。在比利时苦苣问世之时，她母亲的观点是对的。可后来芝麻菜出现了，接下来是意大利苦苣，再然后便是菊苣，不久之后，嫩叶沙拉菜、野苣和沙拉菜苗也相继登场。总而言之，这就是过去40年来生菜沙拉的历史。不过这些都是后话。

在20世纪60年代中期，茱莉亚·蔡尔德的《掌握法式烹饪艺术》、克雷格·克莱本（Craig Claiborne）的《纽约时报食谱》和迈克尔·菲尔德（Michael Field）的《迈克尔·菲尔德的烹饪学校》成了铁三角。在那个时候，我在《纽约邮报》做新闻记者，住在格林尼治村。如果晚上一个人在家，我会照搬烹饪书给自己结结实实地做顿饭，然后一边看电视一边吃。吃着我的完美晚餐，我觉得自己太勇敢太无畏了。好吧，我没有约会，但至少我不像别的寂寞女人那样可怜兮兮地只捧着一小盒酸奶。也许把自己煮的四人份晚餐吃得精光同样可怜，但我那时从没这样想过。

在这些书中，迈克尔·菲尔德的每一个食谱我都试过，而茱莉亚·蔡尔德的我试过至少一半。在烹饪的时候，我会浮想联翩，觉得自己在和他们对话。茱莉亚比较和蔼宽容。当时她常在电视上露面，以把食物掉在地上、捡起来然后再扔回锅里而闻名。迈克尔·菲尔德则严厉苛刻。事实上，他比法西斯主义者好不了多少。他对压蒜器这样的东西有偏见（他觉得用这种玩意儿会让蒜变苦），我真怕他会突然凶神恶煞地从食谱里穿越到厨房来，所以干脆把家里的压蒜器给扔了。他的食谱极其精确，如果把食谱比作脑袋，上面的一根发丝你都动不得，不然会全盘皆输。我请朋友来家里吃饭时，往往会按迈克尔的食谱做咖喱鸡（这个比较复杂），再配上作料和印度薄饼——尽管有时我还是会参照克雷格·克莱本登在《纽约时报杂志》星期天专栏上的那个略微简单一点的食谱做咖喱羊肉。这种咖喱菜里面要放香蕉和很多奶油，我最近做了一次，味道恐怖至极。

克雷格不仅是《纽约时报》的首席美食作家，也是餐厅评论家；他的势力和影响力大得吓人，我对他有几分迷恋。人们就算和他素不相识，也会亲昵地称他克雷格。这位传奇人物以拥护民族风情美食而闻名，身为他的忠实粉丝，我学会了做像希腊茄盒和塔布勒沙拉这样的菜。每个人都得靠他的星期天专栏吃饭。我一打开星期天的报纸就会找他的食谱。每个人都知道他在东汉普顿海湾一带的富人区有一栋充满高科技元素的房子，还加盖了一间新式厨房，他经常和法国大厨皮埃尔·弗雷尼（Pierre Franey）一起做菜，而他也非常鄙视卷心莴苣。要谈论过去40年里生菜的历史，你肯定得提到克雷格，他在这里扮演的角色至关重要。我对淋了羊乳干酪汁的卷心莴苣一直毫无抵抗力，这是我在想象中与克雷格争辩的主题之一。

长久以来，我一直都希望能和克雷格相遇并成为好友。我时不时地幻想这类场景，而最让我担心的是，如果他来家里吃晚餐，我该做什么菜。我到底是该做他食谱上的菜还是做别人食谱上的菜？也许这种事还是有潜规则可循的，可如果有潜规则，又是什么呢？有一天我福至心灵，想到应该参照“我的”食谱，可事实上，我从未真正创造出自己的任何食谱——也许有特例，那是我母亲特制的烧烤沙司，问题是它大半由亨氏番茄酱调配而成。但不管怎样，我太渴望请他吃饭了。有文章说人们不敢请他吃饭，但我不是这种人。这样的人我也一个不认识。我必须承认，我的幻想目的不纯，我希望克雷格吃过饭后，能写一篇关于我——当然，还有我的食谱——的文章。但我在前面说过，我没有属于自己的任何食谱。

在那个时代，所有人都开始极度神经质地比着拼着做菜。我们都渴望掌声，不停地表现自己，迫切地希望能讨好所有人。这种第二次世界大战后期的狂热高潮到底是一轮家庭复辟运动还是女权主义者过度扩张后导致的病理性压力？没人知道，我们都忙着切菜，到底该切成片状还是块状才是最重要的。

我结婚了，上演了一系列绝对癫狂的烹饪戏码。我做巴西的国菜。我在酥皮里包各种美食，亦在葡萄叶里塞无数食材。我连舒芙蕾都做。我还报了一个学习使用食物料理机的班。我甚至还操办过中式宴席，所有的菜都是我一个人做的，其中包括李林的柠檬鸡。李林是“珍珠”的主厨，而“珍珠”则是一家以订不到座位而闻名的餐厅。如果真订到了座位，那么这顿饭会让你刻骨铭心，因为每道菜都猛放味精，余味足可以绕齿多年。李林那道柠檬鸡的做法是：将鸡胸切成条状，裹上马蹄粉，然后过油装盘，淋上碎菠萝汁，再把一盎司装的柠檬香精整瓶浇上。这份食谱仍然源于《纽约时报杂志》的克雷格专栏。克雷格在“珍珠”弄张座位当然不费吹灰之力，我总爱幻想，等我们真正相识相知后，也许哪一天可以一起去“珍珠”共进晚餐。我去过“珍珠”一次，差点没被吓傻，非但不出名的人休想弄到座位，就连名气不够大的也不配在这里吃饭。这里得分三六九等。有的名人仅可以弄到座位；还有的名人可以让侍应生走到餐桌前介绍当晚的特色推荐；真正的顶级名人则有资格在“珍珠”点甜辣香酥鱼。这就是纽约的赤裸本色：点一道鱼还得要影响力。

后来我成了自由杂志作家。我为《纽约》杂志写的前几篇文章中，有一篇就是有关克雷格·克莱本和迈克尔·菲尔德的（这两位仁兄原来是死对头）。为了写这篇文章，我终于和克雷格·克莱本见面了，文章发表之后他邀请我去他家。那顿晚餐并不怎么难忘，总之吃了什么我实在记不得了。然后克雷格又来我家吃饭，我做了一道他食谱书上的菜——智利面包海鲜炖菜，这是伦纳德·伯恩斯坦（Leonard Bernstein）[1]的妻子

1. 美国著名指挥家兼作曲家。

费莉西娅·蒙特亚莱格雷贡献的食谱。用她的食谱做出来的菜是一堆黏稠的白色混合物，差点让我颜面尽失，我真不敢相信自己居然记得她的名字，而且还能拼对。

我和克雷格做不成朋友，这笔账肯定不能算在费莉西娅·蒙特亚莱格雷的头上，但至少我认为是这两顿饭毁了我们的未来。不要误会我的意思，克雷格当然是好人，但他这人太低调了，即使是在见过面后，我在参照他的食谱做菜时还是几乎无法和他进行假想式的对话。

就在这个时候，我认识了一位名叫李·贝利的男人，我想我应该这么说，如果和克雷格·克莱本的那一段交情还有任何余烬的话，那么在我和李见面时，那点余烬已完全熄灭。李·贝利是我的好友莉兹·史密斯的朋友，莉兹认为她的朋友们应该互为朋友，因此，一天晚上，她请我们去李的家里吃晚餐。李的住处位于东40街那边，在一栋房子的地下，而且地下的所有空间都是他的家。我清楚地记得他家的墙上挂了一种草席，很可能是从Azuma店买的。这间屋子是我见过的最别出心裁的地方。它简单养眼、舒适妥帖，但没有任何昂贵的东西，亦毫无艺术性可言，甚至完全没有颜色。所有的一切都是米黄色。李曾经说："挑颜色要小心。"

然后上菜了。猪排、玉米粥、羽衣甘蓝和一盘烤野苹果。真是回味无穷啊。它们是如此朴素直接，如此真诚，却又如此充满了挑逗性。那盘烤野苹果！美味得难以形容！整个晚上我都在痛心疾首，李的家似乎在无声地谴责我的家，我买的每一样物品、招待客人的每一道菜都是那么伧俗。我的沙发是紫色的。还摆了一套色彩浓烈的墨西哥木制动物。我用红色的餐盘和长绒地毯。我的菜单过于情绪化且思虑过度。即使再过100万年，李·贝利会考虑用巴西国菜或李林的柠檬鸡招待客人吗？绝对不会。到了这个时候，我才惊恐地意识到：我的整个生活都是个错误。

我闪电般地离婚了，把所有家具都留给了前夫，然后开始研究李·贝利。我买他建议我买的椅子，还有他的秘密武器——圆形餐桌，他的晚宴比任何人的都饶有趣味，这种餐桌似乎功不可没。后来李在曼哈顿的亨利·班德尔百货开店，我还特意去买了和他家一模一样的白色餐盘、泡泡纱餐巾和木把手不锈钢餐具。我买的新家具，全都是米黄色的。从烹饪的角度来说，我简直就是李的爱情奴隶。早在他开始写后来让他大红大紫的系列烹饪书之前，我就把厨房里所有以前的假想朋友都换成了李。只要我做菜，只要任何一个步骤有可能出错，我都会听到李教导我冷静下来，没有关系的，再去倒杯饮料，没人会在意的。我学着像李一样不再准备餐前小点，因此我的客人吃正餐前都饿得恨不得啃墙，李的客人也是如此。我开始从一个满脑子想着那些乱七八糟的民族风情菜的疯疯癫癫的厨师慢慢转变为一个淡定自若的厨师，且只做乏味的南方菜。

我从李那里学到的最关键一点，我称它为“第四法则”。大多数人招待客人都会准备三样东西——肉、主食和蔬菜，但李总会准备四样。这第四样东西永远出人意料，就像那盘烤野苹果。有时是青豆和梨混在一起再加上红糖和糖浆煮了几个小时的炖菜，有时是牛角椒烤黄桃。有时是凉拌蜂蜜番茄，有时是饼干。有时是可口的面包布丁，有时则是蛋奶软糕。无论是什么，第四样似乎总能为吃饭这个流程创造神奇的惊喜。只要另一道菜似乎总能和眼前的食物搭配得天衣无缝却又相互冲突，你便永远吃不够。你可以从一种口味跳到另一种口味，也可以把各种口味混搭在一起。每次吃完后，你总还想再吃，想把所有的口味轮番再回味一遍。在李·贝利家，你可以没完没了地吃下去。这一点是关键，是重点。最悲剧的晚宴莫过于客人全都狼吞虎咽地扑在食物上，你还没回过神，他们已经吃完了，晚宴就此宣告结束。这时才十点，所有人起身离开，只剩下你和一堆盘子。（这是李·贝利晚宴的另一个神奇之处：除了一切一切的完美之外，他洗的盘子也比别人少，因为他从不上头盘或奶酪盘。而且他上沙拉的时候，总是把沙拉放在其他菜旁边。）

顺便提一下，李从不上鱼，因此我也从不上鱼。我来告诉你原因吧：吃鱼太快了，噼啪嘭地一下就吃了一块，然后立马起身出门。既然客人上门来吃饭，就应该营造其乐融融的气氛，美食便是乐趣的一个重要元素。鱼毫无乐趣可言，我也不想这样诋毁它，可事实如此。人们喜欢赏玩食物，但鱼几乎没有赏玩的可能。如果你一定要吃鱼，不如去餐馆点吧。

你也许会认为，既然和李成了真正的朋友，那做菜时就没必要想象和他对话了吧。很遗憾，你错了。每每在内心中与李对话，比如问他应该上什么菜或第四样东西该如何和前三样完美搭配之时，我从未想过要拿起电话问他。李是个性格随和的人，他肯定会大笑着回答：“亲爱的，你想怎样都行。”在这方面，他颇像我曾经遇到过的禅宗大师，我们一开始会被他的风格所影响，但最后都会形成自己的风格。

我一直都暗暗希望李会把我的食谱列入他的烹饪书。他经常来我家吃晚餐，而且对我的菜总是赞赏有加，但他从没找我要过任何食谱。他拍过一张我家后院的照片作为烹饪书的插图，还在照片里用了我的餐巾和餐盘，但这些餐具当然是在他位于亨利·班德尔百货的店里买的，所以都不算数。

在这期间我再婚，然后又一次离了婚。我以我的失败婚姻为主题写了一本小说，内容只做了极小的修改，里面总算顺便写了我的食谱。到了这个时候，我终于明白，没人会把我的食谱放到他们的书里，因此我必须亲自动手。我在书里也写了李的青豆香梨炖菜的食谱（不幸的是，我漏了红糖，因此，多年来读者一直抱怨说他们用这个食谱做菜总是以失败告终），此外我还写了家里的厨娘伊芙琳的奶酪蛋糕食谱，我敢打赌她的食谱是从费城奶油奶酪包装纸的背面抄过来的。一位美食评论家专门就我的书写了一篇文章，她刻薄地说我的食谱毫无原创性可言，但我觉得她漏掉了关键的一点。这一点与食谱无关。这一点——我也才刚刚意识到——意味着搭配，意味着让客人感觉如沐春风，意味着找到你自己的风格，无论它是什么，都务必坚持下去。它意味着放弃对食物的种种神经变态的追求。它亦意味着找到一种让食物与生活完美融合的方式。

后来又过了一段时间，我便不需要再与李进行漫长的内心对话了。我把从他身上学来的东西化为己用，然后继续前行。四样东西不够，我发展到了五样，有时还得要六样。我喜欢沙拉和奶酪，就会上沙拉和奶酪，因此要洗的盘子就更多了，但那又如何？在家居设计方面，我彻底抛弃了米黄色，因此所有只要有可能犯的装修错误，我都一个不落地犯了个遍。

顺便说一句，我又结婚了。在第三次婚姻期间，我和一系列的厨艺达人交上了朋友。我和天才型烹饪书作家玛塞勒·哈赞（Marcella Hazan）来往过一段时间，只是我和她的关系有点不尽如人意；另外也和我所崇拜的“家政女王”玛莎·斯图尔特（Martha Stewart）交上了朋友，长久以来我可一直都在脑海中与她没完没了地对话，且绝大多数都为奴颜媚骨式的奉承；直到去年我才认识奈洁拉·劳森（Nigella Lawson），她的烹饪风格和我的极其相似。一次，在用奈洁拉的食谱做纸杯蛋糕惨败之后，我放弃了对她的感情，不过我很佩服她，因为她愿意在食谱里用从商店直接购买的原料，而且对美食的色相不大在乎，她推崇的是家常风味。我尤其喜欢做她的烤牛肉，那味道和我母亲做的有八九分神似，差别只在约克郡布丁[1]上。

1. 烤牛肉的配菜。它并非我们想象中的那种布丁，更像是一种面包。由于约克郡布丁易于吸收肉汁，因此与烤牛肉一起食用。

我母亲不做约克郡布丁，尽管那本《美食家食谱》的第61页明明写了做法。母亲把它换成了土豆饼，而我则在烤牛肉时，既做约克郡布丁，也做土豆饼。为什么不呢？生命只有一次。

/// 关于保养

On maintenance ///

几个星期以来我一直都想写点有关保养的文章，但这并不容易，原因很简单：保养占用了我大半的时间，还哪有时间坐在电脑前写字？

你肯定知道保养是怎么回事，我敢保证。保养就是他们所说的那种“到了某个时间非得修修补补不可”的玩意儿。保养就是让你在出门去超市并撞见那个曾经拒绝过你的男人时，不必东躲西藏地猫在一堆罐头后面。有一两个前男友，我一直担心会与他们不期而遇，可事实上就算遇到，我也根本认不出他们，而且他们住在其他城市。但我每次打算不画眼线就出门的时候，总是会鬼使神差地想到他们。

保养的类型有两种，这是当然。一种是维持现状型。这是你每天、每周或每月必做的功课，目的只是为了差不多保持不变。另一种是你每月、每年或大约每隔几年必须做的一次保养——我觉得可以称之为“苍凉地试图扭转时光”型。这种类型的保养项目有很多，例如面部拉皮、丰唇、注射肉毒杆菌、牙齿美容，以及去除静脉曲张、皮赘和到了特定年纪就会在上半身莫名其妙地冒出来的那些讨厌的小红斑等。我在此无意讨论这些玩意儿，现在我只想谈谈保养功课，也就是为了使你看起来不像那种长期欠打理的邋遢女人而每天要做的一些工作。

/// 头发 ///

不好意思，我们得从头发开始。我们都知道，头发上的保养功夫复杂得让人想死，有时我甚至认为死亡有一个不足为外人道的好处，那就是再也不用担心你的头发。

说句老实话，你受够头发了吗？没完没了地洗了吹、吹了又洗有没有让你想死？我知道有的人每天都洗头，但我没这么矫情。头发不需要每天洗，就像黑色长裤没必要每穿一次就干洗一次一样。但没人听我的话。我有些朋友每天花一小时、一周七天天天折腾，只是为了吹头发而已。她们该怎么过正常的生活于我而言一直是个谜。我的意思是，她们一年要花365个小时吹头发！这相当于九个工作周！也许我们年轻的时候还有理由这样折腾，毕竟那个时候梳妆打扮的时长和做爱的时长还算成正比（这也是我们花大把时间臭美的原因之一）。但现在我们年纪大了，这样是为了勾搭谁呢？

言归正传，你最近买过洗发水吗？我的意思是，祝你好运。祝你能找到标签上写的那个玩意儿——简单来说，就是洗发水。有针对既干性又油性发质的洗发水，有针对既粗糙又纤细发质的洗发水，还有护发素、直发水和浓发剂。你的头发该受损到何种程度才能称为“受损发质”？为什么会有金发专用的洗发水？难道金发就特别珍贵，连洗发水都比我们一般人的质量好？一个又一个货架，满眼都是洗发水，真有乱花渐欲迷人眼之势，实际上个个中看不中用。

为了不被这些糊涂账算昏头，我采用了极其苛刻的措施，削减了花在头发上的时间。如果有人代劳，我绝不打理自己的头发，而且我会尽一切所能避免必须亲自打理头发的状况。时常有阔气的朋友请我坐船出海玩，此时我所能想到的，无外乎连续五天待在一个小船舱里与一只吹风机苦苦作战的画面。我永远不会再去非洲。我最后一次去那里是1972年。非洲丛林里没有发型师，就我个人而言，那样的地方我下辈子都不会再去了。

在我认识的女人中，有几人的发型很神奇，几乎无须打理，我真是对她们充满了敬畏之情。我妒忌所有亚洲女人。我的意思是，你有见过头发难看的亚洲女人吗？（是的，你从没见过，为什么会这样？）我曾读过一位当红女星的访谈，她说她最骄傲的事，就是可以自己吹头发，为此我抑郁了好几天。

我完全不能自己吹头发。我向各位保证，我真的有各种装备和产品。专业吹风、卷发筒、魔术自粘发卷、摩丝和啫喱水样样俱全，但要是自己动手的话，我的头发肯定能吓死人。

因此，我每周得去两次美容沙龙吹头发。从目前来看，这比看心理医生便宜，而且疗愈效果更佳。更重要的是，这比每天自己洗头吹头花的时间要少多了，尤其是对于像我这样住在大都市的人来说，转个身去街角就能找到手艺好又收费合理的发型师，所以实有必要享受服务。不过，每到年底掐指一算，我打理头发所花的时间至少有80个小时，这相当于两个工作周。不过我实在不知道这些时间还可以用来干什么，也许我可以泡在eBay上买些性价比超低的垃圾，也许我还可以看书。当然，我在美容沙龙也可以看些营养丰富的书，但我没有。我总是有这个打算，每次去，都会带本书。可到最后，看的还是那些谎话连篇的时尚杂志，而且我大半只看化妆品和整容之类的文章。一旦在做头发的时候拿起一本《时尚》杂志，我就得破费两万美元。不过这还算少的，你真该看看我的牙。

/// 染发 ///

多年以前，当葛罗莉亚·斯坦能（Gloria Steinem）[1]迈入40岁大关，被人称赞面相年轻时，她这样回答："这就是40岁应该有的样子。"这话简直太精彩了，我真希望是我说的。"这就是40岁应该有的样子"这句话不可避免地引发了相应的最重要的一条推论："40岁是全新的30岁"，由此又没完没了地引出了其他推论："50岁是全新的40岁""60岁是全新的50岁"。甚至变

1. 美国女权主义者、记者以及社会和政治活动家，20世纪六七十年代妇女解放运动的代表人物。

异体也层出不穷，比如“餐馆是新的电影院”“佛卡夏是新的法式咸派”。

总而言之，重点在这里：如今40、50和60岁的女人之所以不像以前的女人那样老，不是因为女权主义，也不是因为生活质量提高了或注重健身了，只是因为染发。在20世纪50年代，美国仅有7%的女性染发，今天，在曼哈顿和洛杉矶的某些地区，已完全看不到头发灰白的女性了。（几年以前一位名叫珍·哈里斯的女人在纽约著名的餐厅Le Cirque举办了一场宴会，我有幸参加。她曾因谋杀她的饮食医生兼男友而入狱12年，彼时刚刚出狱，整间餐厅里白头发的女人只有她一个。）

染发改变了一切，但论功行赏几乎总轮不到它的份儿。它是上了年纪的女人对抗青年文化的终极武器，可以真真切切地刹住时间的脚步（至少是在发色这个方面），它使女人有机会尝试更激烈一些的手段（例如面部拉皮）。无数中老年妇女成功地进入了人力市场，五花八门的时尚潮流层出不穷，至少有一部分功劳要归于染发。这样的例子我可以举很多，比如女人不再戴帽子，再比如我认识的每个女人都有一面挤满了黑色衣裙的衣橱。想想吧，50年以前，上了年纪的女人几乎从不穿黑色。只有寡妇才穿黑色，尤其是意大利的战争寡妇，甚至连葛罗莉亚·斯坦能都可能会承认，大多数意大利战争寡妇会使你深信“60岁是全新的75岁”。如果你满头白发，黑色衣服不仅显老，而且越发地衬得人一脸苦相。但对于深色头发的中老年女性来说，黑色会衬得人更有精神——事实上效果惊人，所以就连深色头发的年轻女人也穿起了黑色，金发女人也穿黑色，甚至洛杉矶的时髦女郎也穿黑色。几乎每个女人都穿黑色——除了女主播、美国议员和得克萨斯州居民[1]，我真为他们感到

1．在许多美国人看来，女主播、美国议员和得州人是美国文化中穿衣最刻板、与时尚最无缘的人群。——译者注

可惜。我是说，黑色会使你的生活简单得多。所有颜色都可与黑色搭配，尤其是黑色。

回头再说染发。我大约15年以前就开始染发了，多年以来，染发师一直把我归入“单项顾客”的类别。老实说我也不知道该如何解释，但不管怎么染，他们都不会给我用过氧化氢，即不用漂发，因而大约每六个星期“仅”需90分钟打理。不管我怎么抱怨染发时间太长，他们都会说，幸好你染的不是金发，不然时间会更长。如果染金发，打理它无异于一项艰苦卓绝的事业。

哦，可怜的金发女郎！我到的时候她们就坐在染发师那边，等我离开的时候她们仍在那里。她们的头发被分割成一块一块的，一卷卷锡纸散落于其间。她们端坐于吹风机之下，心痛地抱怨头发干枯受损严重分叉。不论从哪方面来看，我都觉得自己比她们幸运。我似乎从打娘胎里出来第一次发现，把头发染成深褐色还是很有优势的。

但是，大约一年前，我的染发师给我赠送了挑染项目。你很可能知道什么是挑染，就是挑出几绺发丝把它们染成金色。这就需要漂发了，于是我染发的时间从让人欲哭无泪到了痛彻心扉。我坐在椅子上，等待挑染上色时，无聊得想死。几个小时过去了，我真恨自己为什么要同意接受这份免费大礼。我发誓以后再也不做挑染了，更不用说掏钱干这种傻事。（除了耗时长，这种项目的价格还高得惊人。这是自然的。）

但有一点可得注意了，也许你丝毫不觉意外，但我还是要说，那就是挑染和《相见时难别亦难》中丽·莱米克（Lee Remick）喝的第一口亚历山大白兰地有几分相似，都让人无法抗拒。那天我披散着四绺细微得不易察觉的金发出现在麦迪逊大道之上，喜不自胜且心花怒放，觉得自己有如脱胎换骨，甚至真心真意地认为回到家丈夫肯定会认不出我。诸位也知道后来如何了：他压根儿就没察觉出任何变化。但这不要紧，从那一刻起，我已经上瘾了。如今的我每六个星期就至少得花三个小时染发，而我的染发师的名气只比希拉里·克林顿小那么一丁点儿（就其行业而言），所以我每年染发花的钱比买第一辆汽车所花的钱还多。

/// 指甲 ///

我想问两个问题：我们是什么时候开始认为自己必须做美甲的？这种念头又是如何产生的？我压根儿不知道答案，但很想把问题放在这里，让它们在空气中飘荡，也许可以提醒诸位，当我们认为自己真正知道保养的项目到底有多少之时，也许就会有一个新的项目莫名其妙地冒出来，张开血盆大口把你的生活咬掉一大块。

我在生命中的前45年一直视指甲如无物。我只有一只孤零零的面目可憎的指甲锉，我偶尔拿它打磨指甲。说点儿题外话，这世上最具魅惑色彩的不解之谜之一——和“另一只袜子总是失踪”之谜并列——就是你本来买了一盒指甲锉，可现在只剩孤零零的一只，所有其他的指甲锉到底去哪了？

言归正传，我有时会磨磨指甲、涂涂指甲油，然后昂然走出家门。这一流程只需三分钟，一年两次。（开玩笑而已，但终归不会花太多时间。）我知道有些女人经常做美甲，但依我之见，这些女人大半懒散，没别的事可做。要么就是她们误以为花里胡哨的指甲可以颠倒众生。总之，她们肯定不是坐在打字机前讨生活的女人。要知道，打字机可是长指甲不共戴天的仇人。

然后突然有一天，亿万家美甲店如雨后春笋般在曼哈顿破土而出，一时间美甲店比酒水店、快印店、眼镜店、干洗店或配钥匙店还多。曼哈顿是一个你永远看不懂的地方。有时美甲店似乎比人们的指甲还多。这些店里的员工大多为年轻的韩国女人，她们干活又快又好，绝不会强装对顾客有一丝半点的兴趣来搭讪混时间。她们的服务还廉价得令人难以置信。一般的美甲项目最多只要八到十美元。

很快每个女人都开始做美甲了。如果指甲素面朝天（仅干干净净而已），你也许自觉邋遢。你觉得无脸见人，恨不得把双手藏在屁股下面坐着。如此一来，一周做一次美甲倒成了必要之事。再然后，老天，我开始护理脚指甲了。

脚指甲美容的第一个妙处是大半年里——确切地说是从当年九月到第二年五月——除了心爱的人之外，没人知道你是否做过脚指甲美容。第二个妙处则是做脚指甲美容之时，你的双手可以解放出来，轻轻松松地看书或打电话。第三个妙处是做完之后，你的脚看起来着实诱人。

不过脚指甲美容有一个最坏的地方，那就是太耗时间，就算你觉得做完了，也得等脚指甲干了才能走。等脚指甲干的时间和做脚指甲美容的时间几乎一样长。因此，你坐在那里，感觉似乎要坐到海枯石烂。最后，你一分钟也等不下去了，轻轻穿上凉鞋走人，在回家的路上，大脚趾上的指甲油当然会花得一塌糊涂，而由于大脚趾是脚上唯一惹眼的部位，你也许一开始就不该做脚指甲美容。

/// 恼人的体毛 ///

我很抱歉地向诸位坦白，我有小胡子。真相是我很可能一直都有小胡子，但多年以来它一直蛰伏着，蠢蠢欲动，蓄势待发，有如暴雨之前的黑云压顶。年轻时，还一度长得又快又黑，每到这个时候，我只好去药店买一罐硕大无比的名为Jolen漂胡剂的玩意儿（我一直都想买小罐漂胡剂，但药店里总是没有，原因很简单嘛，小罐没大罐赚钱。）。每次去药店之后，我几乎总会立即发现几大罐以前没怎么用过的漂胡剂，正好就在我以前找了千百遍——我发誓我找过——却遍寻不着的洗手台下面。漂胡剂可以将上唇的小胡子漂成和理查德·盖法特（Richard Gephardt）[1]发色一模一样的颜色，看起来比弗里达·卡洛（Frida Kahlo）[2]的小胡子好多了，但仍然显得有点毛茸茸的，没有你想象的那么完美。

但后来，更年期不期而至，于是乎我的小胡子换了模样：

1．美国前国会议员，头发为淡金色。

2．墨西哥画家。其自画像里，两条几乎连成一线的浓眉以及唇上那淡淡的胡须是她的标志。

它不再蠢蠢欲动，蓄势待发；它就在那里，一目了然。幸运的是，那时我在曼哈顿的上西区找到了一位漂亮能干的俄罗斯裔美发师妮娜，她会一种名为棉线脱毛的技术，这是她在俄罗斯学的一种不可思议且妙不可言的脱毛法。在我看来，它是近50年的冷战时期里俄罗斯唯一超越我们的技术。棉线脱毛需要棉线——缝衣服的普通棉线，长长的一团棉线扭曲翻转，如翻花绳游戏一般，便能迅速除毛，但是很痛（虽然我得指明一点，它没有分娩那么疼）。效果可以持续一个月左右。

长期以来，棉线脱毛似乎是我常规保养项目的一种绝妙补充，而且并不特别费时间。妮娜每个星期帮我脱两次毛，每次只需五分钟就可以去除我的唇毛。当然，另外还得花十分钟修我的眉。这并不是说我非得修眉不可，我的刘海很长，长得你根本就看不出我是否有眉毛，当然就更看不出我是否需要修眉了。只是因为妮娜帮我除唇毛，在她看来，帮我修修眉是顺便的事（算了，不如说实话，其实是我想修眉）。修眉更贵更疼（虽然我还得指明，它没有分娩那么疼），而且会让你鬼使神差地一个劲儿打喷嚏。但这个代价还是相当之小的。事实上，和光滑柔嫩的效果相比，价格已经不算什么了。

不幸的是，几年以前，我从曼哈顿的上西区搬到了上东区，我的小胡子同我一起乔迁新居，将妮娜和她那诱人的地理便利性留在了身后。因此，我现在必须在棉线脱毛的成本里加上交通时间和出租车的费用。

另一方面，我有义务就多余体毛这个问题自曝一点，现在我做蜜蜡脱毛所需的时间比以前少多了，原因很简单，只是你在那些一谈到更年期就盲目乐观的白痴书上是看不到的。人到了一定年龄，全身上下所有部位的毛发都会变少，曾经的浓密一去不复返。我在年轻的时候，曾有一个朋友可谓是蜜蜡脱毛的先驱，她在15岁的时候就用这种方法把腿毛脱了，那时才是

1956年，蜜蜡脱毛术几乎不为人所知。她拍着胸脯对我说，如果我不用蜜蜡脱腿毛，如果我还坚持像全世界所有其他的泛泛之辈那样手工除毛，我的腿毛一定会越长越快，越长越多，最后我会变得像一头熊。事实证明她有点儿危言耸听了。你大可以剃无数年的腿毛，最后它也不可能比当初浓密十倍百倍。而且到了一定年龄，腿毛只会越来越少。我估计，等我80岁，只用眉钳拔两下就可以把腿上那些不守规矩的腿毛给赶尽杀绝。

这里有必要谈谈用蜜蜡去除我称之为“比基尼线”的脱毛项目，它已经成为时尚杂志提到的美容方案中一个不可或缺的小片段。由于我总能成功避免穿泳装（除了极少的情况之外），所以我差不多不再需要这一脱毛项目。但在过去，比基尼线脱毛不仅仅只是疼。它的疼痛等级可以和分娩相提并论。我对抗这种疼痛的终极秘诀是从无痛分娩课上学来的呼吸法。我在此强烈推荐这一方法，但有一点得说明，它不适用于分娩，分娩时呼吸法几乎毫无用处。我知道有些年轻的女人会将耻毛除得一根不剩，或者是修整成各种各样的形状，例如三角形或心形。谢天谢地，我已经老了，不适合玩儿这一套了。

谈到分娩之痛，我在此有必要插点题外话：为什么人们总说你会忘记分娩之痛？我就从未忘记过。分娩太疼了，有如万箭穿心。虽然我现在尝不到分娩之痛，也模拟不了这种痛，但这并不等于我不记得它的滋味。就像是1982年，我曾在意大利阿索罗吃过一块美味至极的烤鸡，虽然现在没有吃，但它的味道仍然让我念念不忘。此味只应天上有。我可以告诉你它到底是什么滋味，它香酥可口、肉汁四溢，我从未吃过如此美味的鸡肉。（六年之后，我回到那家餐馆又点了那道菜，令我意外的是，它的滋味和我记忆中的毫厘不差，一如既往地让人回味无穷。）一曲终了，余音绕梁，分娩之痛亦是如此——但不是以美好的方式让你回味。

/// 健身 ///

我喜欢保持身材。我有位朋友每天早上确实都是五点起床，做三项全能运动。我可一点没夸张。她是个铁娘子。她举重，跑马拉松，自行车一骑就是几个小时。去年她上了游泳课，不到一个星期就大谈环游曼哈顿岛的计划。几年前的一个夏天，我决定游泳，不到一个星期，耳朵就发炎了。你得过这种游泳性耳炎吗？它是一种非人的折磨。水在你的耳中"哐当"作响，你躁痒难忍，夜不能寐。你绝对没法挠痒，因为手指够不到脑干。我觉得凡·高把自己的耳朵给割了只是因为他犯了一个错误：去游泳。

但不管怎样，我还是喜欢保持身材。我真的很喜欢。可每次只要我一健身，身体就会出毛病，最后落了个自讨苦吃的下场。不如这么说吧，每次只要一健身，最后总会伤身。

想必你已知道，健身是文明史上的新玩意儿。在1910年以前，人们一直都在运动，但没觉得那是健身，他们认为那就是生活。他们必须从一个地方到另一个地方——通常步行；他们收割农作物，发动战争，诸如此类。然而，人类发明了汽车（更不用说谢尔曼坦克），然后就在很大程度上导致了如今的境况——一个充斥着运动不足人士（通常为肥胖人士）和运动过度人士（不一定为苗条人士）的平行宇宙。我本人就在这两个宇宙之间摇来摆去。我抽时间健身，结果伤身；然后我得恢复一段时间，接下来便是身材走形；等身体恢复健康后我又开始健身；接下来又是新一轮的伤身。到目前为止，我已光荣完成了以下受伤记录：做仰卧起坐拉伤后腰；在跑步机上扭伤了右髋关节，还跑出了胫骨应力综合征；在床上做翻身运动差点扭断脖子。几年以前，我曾疯狂忘我并坚定地做过一段时间的健身，当时碰巧收到电影《芝加哥》的录像带，我把它和健身录像带弄混了。毫无疑问，《芝加哥》是我这辈子用过的最绝妙的健身录像带。有它作陪，我可以没完没了地举重，直到天荒地老。我居然不知疲倦，这可是我健身生涯中的头一遭。我可以摇身一变，成为凯瑟琳·泽塔琼斯，继而又变身为蕾妮·齐薇格。我挥舞着五磅重的哑铃在公寓里撒欢似的跳来蹦去，还高歌着*All That Jazz*[1]。我从来没有如此快乐地运动过。但三个星期后，我于一个清晨被一阵剧烈的疼痛惊醒，自觉胳膊动弹不了了。再之后就是在医生处撒下成千上万的诊疗费，结果表明我的双肩——而不是一侧的肩膀——得了肩周炎，这自然是举重时间太长太疯狂的恶果。我用了两年时间才使几乎

1. 凯瑟琳·泽塔琼斯和蕾妮·齐薇格都曾在《芝加哥》中担纲主要角色，*All That Jazz*是这部电影开场的经典唱段。

“冻结”的肩大半“融化”，与此同时，我无比顺从地接受了一个事实，那就是我以后再也不能挠后背了（或拉裙子后的拉链，这并不是说我常穿那种裙子，但万一穿的话终归不方便）。但我现在又健身了。我有教练。我有跑步机。我的跑步机上还有电视屏幕。我每周差不多锻炼四个小时，我真情愿自己在费城（虽然不是在分娩）[1]。

/// 护肤 ///

我的浴室里有许多瓶，也有许多罐。绝大多数瓶瓶罐罐都是护肤品，只是没有一样能简单地注明“护肤霜”。它们的名

1．“我宁愿待在费城”是美国喜剧演员W.C.菲尔茨的墓志铭。后来这句墓志铭不断被人引用，以形容比死亡略好一点的选择。——译者注

目五花八门，有面霜、护手霜、身体乳液、护足霜。记得我们年轻时用什么吗？只有妮维雅。那时的生活简单至极。我内心深处清楚地明白，所有这些瓶瓶罐罐上的标签都带点反复无常和蛮横武断的味道，目的当然是为了强迫像我这样脆弱可怜的女人不惜血本买一堆毫无用处的产品喽。顺便说一下，你很可能永远不会看到我拿护足霜抹脸。

举例来说，紧挨在洗手池旁边的是一瓶名为斯佳唯婷去皱霜的玩意儿，2004年，足足有五分钟，我认定这就是青春不老泉，结果表明它只是润肤露，一瓶我不惜血本买来的寻常润肤露。但就在那个熠熠生辉的瞬间，我深信它是万能灵药。化妆品柜台前的美容顾问将它卖给我的时候煞有介事，仿佛她塞给我的是禁酒令时期的一瓶陈酿威士忌。她对我耳语，这可是刚来的新货，刚从库房里拿出来的。紧俏得很，都不能摆在柜台上，不然一眨眼的工夫就会被人抢走。只有某些特定的顾客才有资格买。

现在它在浴室柜上占据着一小块空间，旁边亦摆着我轻信易惑的同类证据：维A酸、乙醇酸以及莱珀妮。有位闺中密友曾给过我一小罐海蓝之谜，这种面霜一小茶匙估计得要100美元。我现在仍然留着，因为太贵了，一直没敢用。

我要说的是，我有抹脸的面霜，有涂抹四肢的乳液，有沐浴用的浴油，还有护理足部的凡士林。我真没法告诉诸位我花了多少时间在身体上涂抹各种保湿霜。但我的脸上依然有痘痘，四肢上仍然有一小块一小块粗糙的皮肤。更糟糕的是，我后背上的皮肤干得厉害，每次一脱黑毛衣，就像刮过暴风雪一般，而且我脚后跟上的皮肤和丝瓜络别无二致。

在保养这个问题上，我肯定是忽略了什么。保养世界瞬息万变，我对我这个年龄的女人需要做的全部保养功夫大概了解得还不够。（比如说，有一天我和一位女友吃午饭，她向我推荐一种大约可提供轻微电击效果的美颜项目，还说我要是没用过真是白活了。）

我知道我花了大量时间防微杜渐，这还不包括我发誓绝不会碰的那些东西。那些可悲的东西。除整容之外的美容项目，我差不多已做过无数。我甚至把口腔中所有的补牙填充物都换成了白色材料，我向上帝发誓这让我年轻了半岁。我的皮肤医生时不时地在我的下巴上注射一种名为玻尿酸的皮下注射针剂，效果不错，可以使皮肤松弛的部位饱满起来。我亦在皱巴巴的额头上注射过两次肉毒杆菌，甚至还做过一次丰唇（通过注射脂肪），结果把自己折腾得活像乌班吉[1]，自此之后只好作罢。

但是有一天，我在街上碰到了一个无家可归的女人。我以

1. 非洲萨拉族妇女的别称，她们以前有佩戴唇盘的习俗，现在基本弃用。但在非洲的其他部族，比如莫西族，仍旧延续着这一传统。

前总不明白，为什么有些女权主义者总坚持说她们害怕沦为这种流浪女人，但那一刻，望着这个无家可归的女人有气无力地走在大街上，我至少有了我自己的答案。我真不想危言耸听；我绝不想做流浪女人。但事实是，每个星期，我大概只有八个小时左右不至于像是那种无家可归的流浪人：一旦停止染发我一头乱蓬蓬的白发便会立即大白于天下；如果每天吃的瘦身营养品减半，我肯定会长出小肚子；如果我在荒无人烟的小岛上待两个星期，势必会指甲污浊、嘴唇皴裂，甚至还会长出小胡子和杂乱无章的眉毛。

每周八小时这个时间还在变长。等到70岁，我敢打赌至少会变成每周16个小时。唯一的安慰是，等到我鸡皮鹤发，也几乎找不到工作之时，我至少有点事可做。当然，这得有一个前提，那就是我没有因为保养而把钱全部烧光。

/// 如蝙蝠一般瞎

Blind as a bat ///

地图上的字我一个也看不清楚。我知道我们在110号公路上向北行驶，因为刚刚路过了一个硕大的指示牌，上面就是这么写的。我们现在似乎到了萨隆加堡。我肯定地图上有萨隆加堡。看地图最好的一点在于——我以前不戴眼镜就可以看得清清楚楚——如果你可以在地图上找到自己的所在地，就肯定不会迷路。但这样的好日子已成烟云。我们迷路了。我们讨厌迷路。我讨厌迷路，他讨厌迷路，我们的婚姻亦讨厌迷路。另一方面我却不得不承认，我们正在习惯迷路。由于我的错误（不是我丈夫的错误），我找不到眼镜。又由于我丈夫的错误（错不在我），手套箱里没有放大镜。我只得说一些类似于“呃，至少我们方向正确”的讨好之语，丈夫也得同样虚伪，说一些类似于“的确如此，我们从未走过这里，也许这是一次刺激之旅”的话。他是对的，这可能是一次刺激之旅。窗外一片黑暗，我唯一能看清的，只有那块说明我们正在110号公路上向北穿越萨隆加堡的路牌，天知道那是什么地方！

电话簿上的字我一个也看不清楚。我年轻时在报社做记者时，工作的第一步往往就是查看电话簿。那么多人的姓名和号码列在上面，等着被联系，你要是看了肯定会惊讶不已。多年之后，我试着教我的孩子查电话簿，但他们视我如无物。我真是抓狂。我的孩子们觉得既然查号台是免费的，不拨白不拨。不仅如此，他们还动辄拨“1”找人工服务，这可是得另付35美分的。于是我更抓狂了。由于看不清电话簿上的小字，我现在迫于无奈也只能拨查号台。我得和答录机说话。我开始怀念曾经与电话簿的亲密关系了。我怀念电话簿背后所代表的意义。自力更生、民主。它亦是一种信念，你相信在这块小天地里，全世界的人触手可及，你总可以找到要找的人。一想到电话簿，我不禁泪眼婆娑，那个世界里，每一个人——或者几乎每一个人——都名列其中，我不需要那个压根儿听不懂我说话的空洞无形的答录机就可以找到他们。

菜单上的字我一个也看不清。每周电视节目表上的字也让我两眼一摸瞎。烹饪书上的字亦细小得令我绝望。我不能玩拼图游戏。任何字如果不是特大号字体（越大越好），我一律看不清楚。有一天在电脑上，我无意中发现三年前写的一篇文章，字体小得可怜，我真没法想象自己以前怎么能写那种蝇头小字。那时，我写的是12号字体，如今至少是16号字体，而且我现在正在考虑18甚至20号字体。这一切让我悲痛欲绝。但最让我悲哀的还是阅读。路过书架时，我喜欢随便挑本书翻一翻。看到沙发上有报纸时，我喜欢坐下来读一读。有信件来时，我喜欢立马撕开。阅读是我生活的主旋律。阅读是我的一切。阅读使我有所学亦有所成，它使我成了更好的人。阅读给了我智慧。阅读给了我谈资。阅读是能治愈我的注意力缺失症的神奇且健康的方法。阅读是逃避，亦是逃避的反义词。虚假的一天过后，阅读是与现实亲密接触的绝佳途径，也是过于真实的一天之后给你无限想象力的理想渠道。阅读是精神食粮。阅读是人间至乐。但我随意拿起些什么就读的能力——一度取之不尽用之不竭——如今完全取决于我的眼镜在哪里。它为什么不在这间房里？上周我买了六副特价眼镜，并把它们散落于各个房间，但现在一副也找不到了。它们芳踪何在？

我真恨自己居然沦落到需要眼镜的地步。我恨自己没有眼镜就读不了地图、电话簿、菜单、书或任何其他阅读材料。还有药瓶！我忘了说药瓶了。药瓶上的字我也一个看不清楚。上面写的是每隔四小时服两片还是每隔两小时服四片？是“有效期至2012年8月7日”还是“已过期，对，就这样”？我不知道上面写的什么，这是个大问题。我可能会因为看不清药瓶上的印刷字体而命丧黄泉。事实上，药瓶上的字实在小得可以，我怀疑没人能看清。我甚至怀疑哪怕我正当盛年不需眼镜时也很难看清。不过这种事谁还记得呢？

/// 为人父母的三个阶段

Parenting in three stages ///

/// 第一阶段：婴儿初生 ///

首先要说的是，我生孩子的那个时候虽然不算年代久远，但那时并没有像现在这样流行教人如何做父母的育儿经。当然，那时有父母，有父亲和母亲（有为父之道和为母之道），但教育子女的理念几乎等于零，就算有的话也只处于萌芽期。

什么是父母？父母就是有孩子的人。以下是身为父母要做的事：爱自己的孩子；时常带孩子出去玩；扔球给他们；给他们讲故事；得确保他们知道哪一样餐具是沙拉餐叉；教他们说“请”和“谢谢”；定期带他们理发；监督他们做作业。你绝不应该说的一些句子偶尔会不慎脱口而出（因为你的父母曾经就是这样对你说的），比如像这样的句子：

你知道这要多少钱吗?

我说怎样就怎样，不要问为什么。

我说的是马上!

现在就给我住手!

回你的房间去。

杰西卡的妈妈同不同意杰西卡那么做是一回事，我同不同意是另一回事。

皇冠? 你要皇冠?

在过去父母只是父母而已，与现在从事科学育儿的父母不同，那时做父母要简单直接得多。你不需要书，就算有书，也只是儿科医师斯波克博士（Dr. Spock）写的那种育儿书，除非孩子的体温升到了39摄氏度，或得了小儿哮吼（或两者兼而有之），你几乎不会去翻阅它。你明白孩子有他自己的个性。他独一无二的个性，与生俱来的个性。在一段时间内，孩子得和你住在一起，忍受你的种种个性，你也得尽一切所能与孩子彼此磨合。

“他们永远不会改变”，人们在过去常常这样说自己的孩子。这是你有孩子之后形成的一种颇为莫名其妙的概念。孩子永远不会改变到底是什么意思？毕竟当孩子还是婴儿之时，你根本没法确定他们的确切个性（我此处说的“个性”是个极为广义的词，它意味着“整体”）。但最后那个婴儿还是会开始显露出个性来，当然，这种个性自然永远不会改变。举例来说，警察找上门，说你家那位八岁的孩子从五楼将一打鸡蛋扔到了西区大街上；这时你会情不自禁地忆起，孩子在14个月大时，就曾使过小性子，将放在高脚椅上的四季豆全都打翻到了地上。

在过去——我得重申一下，我这里说的当然不是19世纪，只是不久之前——人们认为孩子一显露个性之后就定性了，你不能把他们转变为另外一个人。20世纪80年代有一位儿科医师取代了斯波克博士的地位，他就是T.贝里·布拉泽顿（T.Berry Brazelton）。贝里是皮亚杰[1]的忠实信徒，他的书将婴儿分为三类——好动型、一般型和安静型。他从不认为安静型的婴儿会变成好动型的孩子，反之亦然。你的孩子就是你的孩子，如果他从小就让你筋疲力尽，那你就得一直筋疲力尽；如果他躺在婴儿床上盯着小汽车就能兴致勃勃，那以后长大了也是这么安静。

当我有孩子的时候，所有的理论又变了。你可以将罪责推到女权运动头上——女权运动的基本宗旨之一，就是鉴于进入职场的女性越来越多，让男性也参与到抚养孩子的工作中来，因此中性词“为人父母”（parenting）应运而生，养育孩子不仅意味着付出大量时间，也意味着付出无数心血。另外，你也可以将罪责推到那些

1．瑞士心理学家。

反对女权运动的人头上——许多女性本不愿意进入职场（甚至不想和丈夫共同分担抚养孩子的工作），但不这样她们会内疚，因此她们被迫将做全职父母提升到了一个神圣的高度。

不管是谁的错，总之突然有一天，为人父母的育儿经就出现了。育儿是大事。育儿是一项狂热的工作。育儿亦是个庄严神圣的使命。育儿是个正在进行中的分词，就像“忙碌中”（doing）、“奋斗中”（crusading）、“忧虑中”（worrying）这些词一样。育儿意味着主动积极，它需要你精力充沛，一刻也不能停歇。育儿意味着怀孕的时候就得放莫扎特的CD、无麻醉分娩、一直哺乳到孩子年龄大得能解开你的上衣为止。育儿概念始于一个假设：你的宝宝是一团可以随意揉捏的泥巴，你可以通过努力教育、辛勤指导和种种正面强化将其塑造得完美，可以上名校。育儿并非只是将孩子养大，它需要改造孩子，像养殖鹅肝酱专用鹅那样进行填鸭式教育，需要改进、润色、调整、操控，需要修剪枝条，使其茁壮成长。（有趣的是，我们的文化在这方面开始变得越来越矛盾，我们一方面相信孩子是完美的，一方面又相信人性中的一切都与基因有关——这进一步证明，那些说“智慧就是能同时接受两种互相冲突的想法”的人，根本不知道自己在说什么。）

顺便提一下，为了实现育儿的目标，也就是既定的改造效果，我们还需要形形色色的辅助人员：儿语专家、睡眠顾问、心理医生、学习治疗师、家庭治疗师、语言治疗师、家庭教师。如果有必要的话，可能还需要服用可以改变行为方式的药物。神奇的是，育儿才刚刚流行，这种药物就正好问世了，天知道是不是巧合。

育儿有一个隐性假设，那就是父母陪伴时必须全身心投入，确保高质量。因此，无论孩子的活动有多枯燥，你都必须参与。观看他们的比赛，为他们鼓劲加油，如果有必要还得加以指导。即使这意味着得牺牲周末，驾车3小时20分钟四处奔波，最后只能坐在一间昏暗闷热的更衣室里，而在隔壁，你亲爱的孩子正在健身房中参加象棋锦标赛，被人杀得一败涂地，你也不能进去观战，以免一现身就会给孩子增加无形的压力。（父母愿意随时随地参与，有一个令人玩味的副作用，那就是学校以前需要由专业人员管理的活动，现在都一律交给了父母们打理。）

育儿意味着无论孩子是否理解你，你都有义务理解他们。理解是一切的关键。如果孩子深信你理解他们，或至少会试着理解，那他们进入青春期后就不会恨你。更重要的是，他们以后会长成快乐而从容的成年人，永不会把钱浪费在看心理医生或其他流行的自我完善功课之上。

育儿时使用的语言和纯粹为人父母所使用的语言截然不同，这种语言越冷静越好，不能用大号字体，不能有感叹号，但与此同时又要传递出压力或愤怒。有点类似于以下语言：

我敢肯定，你不是有意打碎妈妈的古董花瓶的，小甜心。

我们应该谈谈。

我知道你现在有多沮丧、多愤怒。

回房间待一会儿吧，等你气消了、心情平复了，再来找我。

如果你愿意，我可以给杰西卡妈妈打电话，看她怎么想。

先把作业写完，买皇冠的事好商量。

/// 第二阶段：孩子进入青春期 ///

对于现代父母来说，孩子的青春期无异于梦魇，这么说主要是因为你自己也经历过青春期，你知道那是什么滋味。青春期的孩子郁郁寡欢。青春期的孩子很愤怒。青春期的孩子很刻薄。事实上，你的孩子现在就对你很刻薄。

孩子进入青春期，会说些那会儿你的父母不让说的话，你要是没看过《麦田里的守望者》，他们说的话甚至会让你当场听傻。你的孩子很可能会抽大麻，虽然可能你也曾抽过，但起码是在18岁之后才抽的。你的孩子肯定会玩些不适宜且毫无意义的性爱，要知道，你20多岁才敢这样游戏人间。你的孩子会觉得和你在一起很丢脸，可能还假装不认识你，走起路来故意离你十步远。你的孩子毫无感恩之心。你隐隐约约地记得，你的父母也指责过你不懂感恩，但他们到底有什么值得感恩之处呢？完全没有啊。你的父母可没有承担起育人的重任，他们只是碰巧生了你而已。至少他们中间有一个人整日酗酒，而你可是育人的典范。为了让孩子感觉你在乎他们的每一丝情绪，多年以来你堪称鞠躬尽瘁。只要孩子醒着，你就会安排各种文化活动来丰富他们的每一分每一秒。他们的嘴里永远不会吐出“好无聊”三个字，因为从来就没时间无聊。你的孩子拥有你能给予的一切——比一切还多，不信你去数数他们的球鞋。你爱他们爱到了骨子里，远胜过你的父母当年爱你的程度。然而他们似乎和其他青春期的孩子毫无区别，最后还是成长为叛逆少年，而且只会更叛逆。为什么会这样？到底是哪里错了？

此外，由于现代营养学的进步，你家的那位少年长得人高马大，个头很可能比你还高。每周的零花钱相当于布基纳法索的国民生产总值。顺便说一下，布基纳法索是非洲一个极度贫困的小国，你和你的孩子从未听说过那里，直到最近用了几天时间做一份社会研究报告时才知道它的存在。

你的孩子变了，异于你当初想要塑造出的任何一个目标。你也变了。你从一个略带神经质却相当快乐的人堕落成暴躁、易怒、有暴力倾向的变态。

但无须担心，你还有救。你可以找孩子在进入青春期之前你曾咨询过的那些心理医生和顾问，当初正是由于你始终如一的信赖和惠顾，他们已经把他们自己的孩子送进了大学或者法学院。

以下是他们会对你说的话：

青春期是孩子的青春期，不是父母的青春期。

青春期的存在是有原因的，它是为了帮助依恋或过于依恋父母的孩子学会分离，他们迟早会离家独立，得为将来做准备。

我下面有几条建议，可以让你轻松应对压力。

这些建议会让你花掉几百或几千美元，这取决于你的居住地是大城市还是小地方。其实他们的话纯属胡说八道，事实是这样的：

青春期是父母的青春期，与孩子无关。

青春期的存在是有原因的，它是为了帮助依恋或过于依恋孩子的父母学会分离，孩子迟早会离家独立，父母得为将来做准备。

没有任何轻松应对的方法，你只有苦熬着等青春期过去。

下面有个老笑话碰巧讲的也是青春期，我怀疑杜撰它的人肯定也有处于青春期的孩子。我这人不擅讲笑话。就算这是我的专长，你也许还是不大容易明白它的好笑之处，因为这个笑话很长，而且需要用犹太人的口音——人们讲老拉比[1]的故事时总会用这种口音。不过我还是要讲给诸位听。有一对夫妇去找拉比。“有什么可以效劳的吗？”拉比问。“我们遇到了一

1．拉比是犹太人中的一个特别阶层，主要为有学问的学者，是老师和智者的象征。

个严重的问题，拉比。”这对夫妇说，“我们有五个孩子，但家里只有一间卧室，大家挤得快疯了。”拉比说：“养只羊试试。”这对夫妇马上弄了只羊回家。一个星期之后，他们去找拉比，因为多了只羊后家里变得更乱了。“养只母牛试试。”拉比说。过了一个星期，夫妇俩又来找拉比抱怨，因为家里更加硝烟不断了。“养匹马试试。”又过了一个星期，这对夫妇说他们已经忍到了极限。“你们马上就可以解脱了，”拉比说，“现在再把牲口扔出去。”

/// 第三阶段：孩子离家 ///

哦，空巢的戏码。焦虑。忧虑。以后的生活会如何？一旦孩子离开，你们两个人还有共同语言吗？以前对性事不感兴趣，可以拿家里有孩子当挡箭牌，现在该怎么办？

这一天终于来了。你的孩子上大学去了。你得静等伤感的到来。不过在伤感袭来甚至在它有时间袭来之前，一件令人毛骨悚然的事发生了：你的孩子一下子就回来了。美国大学的课程安排似乎都是一小块一小块的，而中间插入了许多长长的假期。这些假期可不叫“假期”，它们叫“短暂间歇”和“读书期”。有些大学甚至十月还要放假。你们谁听过十月假？届时你的孩子大可以住在巴黎的高档饭店里，因为严格以日来计，你付掉的大概相当于私立寄宿的费用了。

就这样，孩子离开，回来，学费又涨了。然后，四年转瞬即逝。

最后大学结束，孩子永远地离开了。

家真正地变成了空巢。

你还是父亲或母亲，但为人父母的日子已结束。

现在怎么办?

你必须做点什么。

可却什么也做不了。

你无能为力。

我绝无虚言。

如果你怀念曾经身为家长时日复一日总有做不完的事,那我这里有一个解决方案:养只狗。不过我并不推荐这种方案,因为养狗需要巨大的付出,但至少它会让你有事可做。另外,狗是极可爱的动物,更重要的是,它不怎么挑剔,而且还相对容易训练。

然而,你也只能做到这份儿上了。

与此同时,家里多出了一间房——孩子的房间。无论如何都不要让它保持原样。孩子的房间不是神殿,它不会变成史密森尼博物馆。把它变成书房、健身室或客房,如果以上三种房间你都有的话，那就把它变成一间专门用来包装圣诞礼物的房间。改造工作越早开始越好。把孩子的房间保持原样就等于鼓励他们回来。你肯定不想这样。

与此同时，你的孩子会偶尔回来。他们蜕变成了魅力非凡的人，这真是不可思议。你简直不相信自己居然有幸能结识这样的人。他们令你大笑。他们令你骄傲。你对他们怎么也爱不够。他们成功地忍受了你。你亦成功忍受了他们。你突然想起，从某种程度上来说，这些年你从未打过他们，一时一刻也不曾有过，但不要再想了。这已毫无意义。你为人父母的岁月已终了。

除了担心。

担心是一辈子的功课。

/// 漫漫租房路

Moving on ///

1980年2月，在生完第二个孩子并离了婚的两个月之后，我恋爱了。我当时在找地方住，某个下午，在曼哈顿上西区，我走进了一套公寓，仅仅十步，我的心立时静了下来。从头到脚，我都很清楚地知道，就是它了！一见钟情。就这十步之后，我说：“我要了。”

这套公寓大得吓人。它位于阿普索普公寓楼（Apthorp）的五楼。这是百老汇大街和79大街交叉处的一栋石砖建筑。月租为1500美元，鉴于是曼哈顿，这个价格实际上非常划算。相信我，的确如此。除房租外，我得给前任房客付2.4万美元的押金，这是纽约的行规，不然就没资格搬进去。我没有2.4万美元。我去银行借到了这笔钱。这栋楼里没人相信我会为租一套公寓付这么多押金，在当时这可谓一笔巨款。但公寓里的房间太漂亮了，墙漆大半为出租车黄（虽然不好看，但换个颜色易如反掌），大挑高，光线充足，带两座古色古香——虽然中看不中用的——壁炉，还有五间，我数数，对，是五间卧室。在我看来，如果我在这里住上24年，这笔押金摊销到每年不过1000美元而已，摊销到每一天仅2.74美元，比星巴克里一杯卡布奇诺还便宜。不过那时可没有星巴克，而且我也不打算在阿普索普住24年。我的打算是一辈子，直到死亡将我与它分开。因此最后摊销的费用很可能还要更少。这就是我的小算盘。（我得说明一点，我一般不用“摊销”这个词，除非我得想方设法地证明某样我实在买不起的东西不仅划算，而且还几乎是免费的。这通常需要将一笔对我来说无异于天价的费用分摊到我所预计的使用年数上，如果这个数字还是太大，我就分摊到天、小时或分钟，直到最后的摊销数字小于一杯卡布奇诺的价钱为止。）

算了，不谈钱了。毕竟这个故事与金钱无关，它是一个纯粹的爱情故事。所有爱情故事都是以给自己找理由而开头的。

我以前从未打算住在上西区，但几个星期之后，除了上西区，我哪里都不想住。我开始以我自己的方式对这块地区产生了宗教般的狂热。这很可能是我这辈子没有任何信仰所造成的恶果，不过没关系。我的公寓离百吉饼店H&H和美食城Zabar's仅一个街区，离地铁站仅半个街区。街对面是一处包罗万象的报摊，下一个街角为全世界最美味的古巴-中国风味餐馆La Caridad，反正我对朋友是这样介绍的，我对这家餐馆亦有宗教般的狂热。

不过，真正令我产生宗教般热情的还是阿普索普本身。我诚挚地相信，在这段成年时期最失意的阶段，这栋公寓楼会救我于水火。好吧，我的确很矫情，但我真这样认为。一年以前，我从纽约搬到了华盛顿，为了一个我真心认为可以与之携手度过余生的人。我也想快快乐乐地过日子，但狰狞的现实却一而再再而三地打击我。从华盛顿那间公寓的窗口望下去，正好可以居高临下地俯瞰国家动物园里的狮子。国家动物园里的狮子！噢，被囚禁的隐喻刹那间跃入脑海！这些狮子住在宽阔而舒适的笼子里，这很像我；它们有吃不完的食物，还是像我。可它们快乐吗？我快乐吗？还有的时候，伊卡璐染发剂昔日的那句“人生只有一次，不如痛痛快快做个金发女郎”的广告词在我脑海中不断回荡，只是我的版本和发色无关。既然我的人生只有一次，我自怜地想到，那为什么要住在这里？不过那个时候，我当然记得是为什么：我结婚了，丈夫住在华盛顿，我爱他，我们已有一个孩子，而且即将迎来我们的第二个孩子。

当婚姻结束之时，我突然发现，再也没必要穷担心我们所在的这个边缘社区以后会不会有奶酪店了。我现在自由了，可以搬回纽约了。纽约不仅是大苹果[1]，还是奶酪天堂。但我没

1．“大苹果”为纽约的别名，因为人们认为纽约是个遍地黄金且充满机会的地方，就像一只大苹果，既好看又好吃，人人都想咬上一口。

指望能租得起一套够我们所有人住的房子。

一旦你放弃了纽约的公寓搬到其他城市，纽约就会向你展现它最狰狞的一面。我以前认识的一个人说过一句颇有哲理的话，他说：“这里是旅游天堂，但我不想住在这里。”这句话用在纽约身上完全错误；事实正好相反。纽约是座非常宜居的城市。不过一旦搬走，再以游客的身份返回时，这座城市便会和你反目成仇。它变得更贵（因为你得吃饭，得找地方住），更不友好。纽约总在变化；生活亦始终在变。住在这里的时候你可能感觉不到。当你住在这里，这座城市的浪漫史永不落幕，犹如注入了咖啡因一般劲头十足。可一旦离去，变化就如同背叛一般劈头而来。你走在第三大道上，准备去以前常去的烘焙店买布朗尼，但那家烘焙店消失了；你的干洗店搬到佛罗里达去了；你的牙医退休了；以前在西四号街做水果派的女人人间蒸发了；P.J. Clarke's餐馆的领班辞职了。这时，你才发现，你得从头开始以小费铺路，收买如今立于门旁的那个衣着入时的冷美人了。你只不过转身了一会儿，一切就突然物是人非了。你曾经属于圈内人、本地人、地铁一族，是个总能提供内部建议并帮朋友获得种种优惠的万事通，可看看现在，你只是芸芸“飞行常客”中的一员，来往于拉瓜迪亚机场之时你只能坐出租车且很可能会被堵在中央公园大道之上。与此同时，你看到报纸上说曼哈顿的房租正在上扬，如今涨得更高了，快与天空等高了。似乎你一离开，他们就把纽约用墙围了起来，你永远无法逾越，此生只能与这座城市阴阳两隔。在阿普索普寻得一套公寓简直就是都市传奇。我终于找到了一处避难之所。这栋公寓楼的建筑风格越发使我有这种感觉。

阿普索普公寓楼由阿斯特家族建于1908年，有一个完整的城市街区那么大。从街边看，它是一栋没落的中欧风格建筑，坚实如坦克，但中间却是气势宏大的中庭。两座漂亮的大理石喷泉耸立于其中，还有一处美轮美奂的公园。一走进中庭，都市的喧嚣便消失无踪；你发现自己已经来到了一处有如世外桃源的庭院。这里有石凳，午后可以过来小坐，看孩子快乐地四处奔跑，骑自行车，嬉戏打闹，也许他们还会威胁说要把对方扔到喷泉里溺毙。春天这里有郁金香和杜鹃花，夏日亦有淡蓝色的玉簪花和绣球花。

没有在纽约住过的人大多想不到纽约人的邻里关系也是非常亲热的，我们和住在美国小镇上的人毫无区别。在阿普索普，这种亲密感显得越发浓厚，因为有了中庭，大家有无数机会碰面，直至最后知道彼此的姓名。万圣节来临时，我们几个孩子尚年幼的父母会把庭院的街灯改装成南瓜头恶魔的模样；到12月，房东会竖起犹太光明节的电烛台，和身披彩灯的圣诞树相映成趣。

就这样，我认识了公寓楼的一些邻居，他们中间有几个人和我从邻居发展成了密友，其中就有和我经常约会的那个男人（后来我嫁给了他），他当时就曾以小费开路，借此租到了顶层的公寓。我妹妹迪莉娅和她丈夫后来也搬到了这座公寓楼。她也打算在这里终老。迪莉娅和我合作写剧本简单至极，她只须走出家门、下楼、穿过庭院，就到我家了。在下雨的日子里，她甚至可以走地下通道。我的女友罗茜·奥唐纳[1]亦住在顶楼的公寓，她对个性十足的门卫乔治极为着迷，甚至请他出席自己的脱口秀节目。和大多数阿普索普门卫一样，乔治的工作并不只是开门。顺便说一下，这是一扇硕大而沉重的铁门，很难打开，你往往需要特别帮助。乔治的工作是连续不断地提供公寓楼内每一位住户的实况杂闻，每次我一回家，他就会向

1．美国喜剧演员、作家兼电视节目主持人。

我报道我的丈夫、孩子、保姆、妹妹、妹夫甚至罗茜的最新消息，比如，罗茜把公寓刷成了橘色，在房间里装了墙架放她收集的一大堆欢乐餐玩具；她为了狗和邻居吵了一架；她还因为洗衣机的出水管被莫名其妙地和浴缸的出水管永久性地连在了一起而和房东干了一仗，最后搬出去了。我听得目瞪口呆。我实在无法相信有人会自愿离开阿普索普。我永远都不打算离开。他们得先把我抬出去，我对乔治这样说道。

偶尔有救护车开进中庭，事实上，是把租客抬出去。几分钟之后，就会有一群人来问房东是不是有空房，他们大多为公寓楼内的租户，看见救护车进来又出去（或听到了乔治的小道消息）后，动了升级房间的念头。

我搬进来的时候，阿普索普的业主为三位老人，虽然现在回想起来，他们比我也老不了多少。其中有一位风度翩翩、彬彬有礼的老先生，只要是涉及救助第二次世界大战时犹太人大屠杀幸存者的慈善活动，他都会积极参加。他年纪大到几次和人对簿公堂，然而这些罪名里却不包括我碰巧知道的那项，比如，从公寓楼里搬进搬出的租客付的现金款项，他都不交税就直接揣到自己腰包里了。我非常喜欢这位老先生，也喜欢他的红色保时捷跑车，他被送去医院的那天还开着这辆车。在医院里他还收了我的邻居给他的最后一笔回扣，然后撒手人寰。顺便说一句，那笔回扣有5万美元，而那只是我邻居因出让租约所收的28.5万元押金的一部分。是的，你没听错。有人得付28.5万的押金才能搬进阿普索普。这怎么可能？那人到底是怎么想的？事实上，我还是可以小小地猜测一下的：那人肯定是打算在这里至少住上个56年，这样28.5万摊销到每一天就是四杯卡布奇诺了。大杯卡布奇诺，而且是超大杯的卡布奇诺。

我在阿普索普浑浑噩噩地住了大约十年。浴缸的水龙头经常流出黄水，暖气片很可能含有石棉，公寓的外墙被煤烟熏得发黑；而且，这里还有老鼠。可谁在乎？我的租金一点一点上涨着。《租金稳定法》使房东有权每两年将房租提涨大约8%，但仍然很划算。那时纽约的地产市场开始火爆，报纸上关于房租飞涨的骇人新闻铺天盖地；曼哈顿一个单间的租金居然高达2000美元。同样的租金，我却有八居室。我真觉得自己是个天才。

与此同时，阿普索普多了一些愤愤不平的租客，他们动不动就控告房东。我想不明白为什么。他们到底要什么？服务？要房东时不时帮他们刷墙？主动帮他们更换出故障的家电？有的租客甚至抱怨物业不允许把外卖的中餐送到公寓。这又如何？每次忙完了一天的工作在中庭漫步之时，我又会全身心地爱上这里。

诸位要想真正了解我的感觉，先得听我讲一个故事。一天晚上，我所在的楼层出了一场纠纷，随后警察出现了。我隔壁的邻居是一位善良可亲的教授，他是那种连跳蚤都不忍心伤害的纯良之人；他儿子经常把自行车放在我们公寓外面的走道里。住在走道对面的会计师对这辆自行车恨之入骨，在他眼中，它显然是个眼中钉，事实上很可能的确如此。一天下午，他决定把自行车直接堵在教授家门口，待教授发觉后，又把它放回走道了。会计师不甘心，又把自行车推到教授家门口。他们就这样为地盘厮杀，闹得整层楼不得安宁，这自然吸引了我的注意力。因此，我躲在门后窥视战况，还好赶上了最后一幕。

教授刚把自行车放回走道，就也躲在门后，希望能在会计师动那辆自行车时逮个正着。我们都像白痴似的趴在玻璃门背后透过薄薄的门帘偷窥。果不其然，会计师从走道那边走过来，又把自行车推过来堵住了教授家的大门。就在这一刻，教授“砰”的一声推开门，冲着会计师就吼上了，可万万没有想到的是，会计师的嗓门更高。说时迟，那时快，教授失去控制，冲上前去狠揍了会计师一顿。整个场面精彩绝伦，让人击节叫好。会计师报了警。警察迅速赶到。由于我好管闲事，不仅成了整个事件的证人，而且还自告奋勇地站出来与警察和两位邻居见面。调解地点在教授那套受《租金稳定法》保护的公寓里，他家甚至比我家还多几间卧室。每个人都讲了自己的故事版本，我也说了我的。诸位得知道，我的版本是最好的，因为它简短、深刻，也很可能离题万里，我讲的是关于没有孩子的人对有孩子（和有自行车）的人缺乏耐心的题外话。你真该在那里听听。总之，等我们陈词完毕后，警察摇摇头站起身来说：“你们这些人为什么就不能好好相处？”他边说着边朝门口走去，“我还想拼命住进这里呢。”

最后，我开始在夜里反复梦到阿普索普。确切地说，那还是个噩梦。我梦见自己不知怎的就搬出了这栋公寓楼，并意识到这是我这辈子犯的最大错误，但却怎么也拿不回租约。我有些心理学知识，懂得不必把这种梦当真，但这引出了一个问题，我最害怕失去什么？当潜意识给出答案之时，我讶异地发现它居然是我的公寓。

大约在1990年，传言开始满天飞，据说租房法将有改动：在某些特定情况下，房租可能不再稳定，房东有权将房租涨到公平市价的水平。我对这些毫不理会。邻居们对未来忧心忡忡，他们觉得这里的房租可能会涨到每月八千或一万美元。我觉得这纯粹是神经过敏。《租金稳定法》就像热狗店Gray's Papaya一样是纽约生活不可分割的一部分，它永远都不会受到任何干预。我愿意承认（好吧，不是那么情愿啦），新法也许会做一些公正的调整；诸位如果声讨说（虽然我觉得理由站不住脚），像我这样的人因为某种变相形式的住房补贴已逍遥法外多年，我也能够理解；我亦明白（虽然很模糊）房东有权得到更多。但如果房租真涨了，我相信涨幅也应在合理范围之内。毕竟，公寓楼内的租客之间已亲如家人。房东深知这一点，他们绝不至于丧心病狂地把房租涨个两到三倍。此时此刻，我的愚蠢和天真与那些以悲剧收场的爱情故事的开头有得一拼：妻子第一次在丈夫的衬衣上发现有难闻的香水味，并安慰自己说没事，继续无忧无虑地过着小日子。我亦无忧无虑地继续生活着，直到公寓楼雇用了一位名叫芭芭拉·罗斯的经理。

罗斯小姐是个瘦小却凶恶的女人，面色苍白，嘴唇涂得火红，脑袋上还顶着一大坨漆黑的蜂窝髻。这种蜂窝髻大得刺目、怪得刺心，让人不由得想起20世纪50年代的一则都市传奇故事——有个女人把自己的发型折腾得太夸张，结果蟑螂看中后，住了进去。她的声音甜得能滴出蜜来，这更让人毛骨悚然。她约莫40或70岁，总之没人看得出她的年纪。她穿粉色真丝套裙，垫肩大得夸张。她潜伏在任何地方。她住在新泽西，但每个星期四晚上都会在公寓楼办公室值夜班，有人说她为了逮住电梯操作员打瞌睡，不惜赤着脚潜行偷袭。她发公告禁止孩子在中庭玩球，还把中庭的小径重新铺整了一遍，在原来的鹅卵石上铺了一层沥青。在走道里迎头碰见时，她总能让你感觉内疚，即使你什么事也没犯。简而言之，她就是个噩梦中的人物，足以成为噩梦中追赶我的恶魔。我开始梦见自己不知怎的就搬出了阿普索普，并意识到这是我这辈子犯的最大错误，但却怎么也拿不回租约——这一切都是拜罗斯小姐所赐。

与此同时，难以想象的事发生了。州议会通过了一项《取消豪宅保护法》，它规定，任何租客，只要月租超过2500美元或年收入超过25万美元，便自动退出《租金稳定法》的保护范围。我简直无法相信。它有如当头一棒。新租客须遵循新法本无可厚非，可我们这些根据《租金稳定法》签订隐性租约并在这栋公寓楼里住了多年的人凭什么也要遵循？物业从未给我粉刷过墙，我甚至从未要求过一次，可现在房东却把我当作住在豪宅里盛气凌人的租客。这简直不合法！完全不合理！绝对不公平！完全不可理喻！此外，局外人当然对新法一点也不关心。我有体面的收入，他们就要加我的房租。更让人生气的是，我是公寓楼里第一个待宰的羔羊。没人关心我死活。这么说吧，我不是我，也一样会冷眼旁观。另外，我已确实不再是那个理智的我了。我爱上这里了。我成了真正的信徒，就像中世纪的法国村民确实相信他们在一块油布残片上见到了圣则济利亚的眼泪那样；我就是集体幻觉和群体疯狂之类故事中的人物。简而言之，我完全疯了。

因此，我去找了罗斯小姐。我记得我说了一大通深情款款的话，充分表达出了我对这栋公寓楼的热爱。实在是太感人了，我不知道她感觉如何，反正我是被自己感动了。她通知我，说我的房租马上涨三倍。我们协商了下。她抛出了一个价格，并巧妙地让我相信自己取得了小小的胜利。降价之后的价格是多少？我不能告诉你。我实在没脸敲出这个数字。就算我向你保证，和纽约的房租比起来，这个价格甚至不算过分，你也绝不可能相信。重点是，我同意了。我签了一份新租约。

我签字是因为我有足够的钱付房租，却远不可能在纽约任何一个地段买一套差不多品质的公寓。

我签字是因为我的会计师很能干，他以会计师专有的那种令人信服的方式让我深信，我的房租，要比买一套公寓，加上每月要付的维护费和贷款利息便宜。

我签字是因为我擅长把事情合理化（诸位可能已经知道这一点了），我劝服自己，继续住在阿普索普就等于省了一大笔钱。例如，省下了搬家的费用、安装新电话的费用、通知朋友新地址的邮费、买家具的费用（虽然还没找到新公寓并搬进去，但万一有这么一套公寓也许需要新家具），还可以省下与有线电视公司交涉所需的几个小时、几天甚至几周的时间。有这个时间我也许会写出惊世佳作，赚的稿费也许比涨的房租还多。

但我在前面已经说过，这个故事与金钱无关，它是一个纯粹的爱情故事。我签下租约是因为我还没准备好离婚——和这栋公寓楼离婚。

许多年以前我去看过心理医生，她对我说：“爱是一份思家之情。”她的意思是，你往往会爱上一个让你想起父母或母亲的人。当然，精神分析师总爱说这一套，虽然它并非放之四海皆准。这个星球上的任何一个人都有可能让你想起你的父亲或母亲的某个特征，也许只是一个酒窝而已。不过我无意跑题。在此我想表达的意思是，且不管爱是不是思家之情，但思家之情绝对是爱。阿普索普确确实实是孩子和我住在一起的唯一空间。自搬进去之后，我们从未锁过房门。在这里，马克斯把脑袋卡进了蛋糕模，雅各布学会了系鞋带。在这里，就在客厅那座不能使用的壁炉面前，尼克和我结婚了。它是家的符号，它象征着我一生中时来运转的时刻。它是我身份的一部分，或至少是我痴心妄想的身份的一部分。由于它位于不那么寸土寸金的西区，仅仅只是住在这里，我就会自觉道德高尚、聪明绝顶。由于它是租来的，所以我自觉含蓄低调。由于它破败陈旧，所以我自觉超凡脱俗。简而言之，从一种意义深远、很可能有些自恋，但我怀疑也极其典型的角度来说，它是我的家。对我来说，这世上再也没有什么地方能给我这种感觉。

然而晦气开始降临。公寓楼顶出现一具神秘尸体。一套公寓失火。11楼的一套公寓被洗劫，管家遭袭。

接着，真正可怕的事开始发生了。房东对这栋公寓楼来了一次大清洗！自从我们搬进来之后，差不多从来不维护公寓楼的房东，现在将外墙上的煤烟用喷砂洗得干干净净，把管道全都换了，把电梯装饰一新，还把电梯和大堂的天花板漆成了金色。他们让物业人员穿上饰有肩章和饰带的制服，看起来就像西班牙版的《佩珀中士的孤独之心俱乐部乐队》[1]。大房东是一位90多岁的老头，名叫纳森·戈登，他把邮箱从公寓楼入口处移走，转而放了一尊大而无当的大理石裸女雕像，租客们很快就给她起了个名字，叫“我们的阿普索普女神”。纳森还在庭院中点缀了丑得令人发指的白灰泥瓮和狮子雕像。在我们租

1.《佩珀中士的孤独之心俱乐部乐队》是英国摇滚乐队披头士于1967年出的一张唱片，唱片封面上便是四位成员穿得花里胡哨的模样。本文作者所住公寓的物业人员大多为西班牙裔人。——译者注

客看来，所有的这些动作都不怀好意。谁都看得出来，这一番修缮，目的只有一个，就是涨房租。事实的确如此，房东每次在公寓楼上花了钱，就会屁颠屁颠地去租金稳定委员会叫穷，之后就会要求在修缮费用的基础之上涨房租。结果符合《取消豪宅保护法》条件的租客越来越多，大家陷入了绝对的恐慌。事实上，新法实施后，房东完全可以随心所欲地涨房租，我们简直要被吓得魂飞魄散。毕竟，在这个几乎没有八居室公寓出租的城市，谁又知道它的公平市价是多少呢？

20世纪90年代纽约街头黄金遍地，我们恐慌至极。阿普索普空置的公寓悉数装修一新，罗斯小姐还给它们装了华丽嚣张的枝形吊灯，财大气粗的租客搬了进来。其中一位新租客的月房租居然高达2.4万美元。一个月要2.4万美元啊。门卫还是不会为你开门，物业还是不让外卖将中餐送进公寓楼。准备离婚的阔佬搬进来。电影明星们来来又去去。

那个一度有如世外桃源般充满了孩子们欢声笑语的庭院，突然间停满了豪华轿车，等着将新租客载到市中心去经营他们神一般的事业。愤怒的老租客挥舞着请愿书和法律文书，传言一时间沸沸扬扬，说房租马上还要涨。

我的租约又到期了，罗斯小姐打电话通知说要涨房租。房东可以给我一份三年租约——第一年月租1万美元，第二年1.1万，第三年1.2万。在过去的三年里，我的房租实际上已涨了四倍。

就这样，我这份爱只能到此为止了。1.2万美元等于许多许多杯卡布奇诺。你猜怎么着？我不喝卡布奇诺。我从来就不喝。我找了一位地产中介开始寻找新的公寓。正如百老汇歌舞剧创作人劳伦兹·哈特（Lorenz Hart）曾写的那样，无回报的爱是个败兴货。在房产这个问题上，明白这一点花了我太多时间，远比我在婚姻上醒悟过来花的时间要长，但我最终还是永永远远地懂了。由于我和这栋公寓楼只是单恋关系，所以，退出一点也不复杂。我的孩子已经长大，以前试探性地和他们谈到搬家时，他们总可怜巴巴地说这是他们住过的唯一的家，不能搬，如今他们已无资格这样反对。我丈夫觉得怎样都无所谓。我妹妹已经在街头寻找新家了。我家这位曾经说过“阿普索普是我的心灵家园”（还被《纽约时报》引用过）的妹妹，如今已漠然无感，还放话说要搬去市中心。我打电话找来了会计师，就在几年前，他还认真地向我解释说买不如租，如今他又告诉我说租不如买。

因此我们决定搬家。我们扔掉了生活中的所有零碎：爱心熊、地下储物间的钢丝置物架、装满了银行对账单的盒子、年轻时挂在墙上的海报、坏掉了的立体声喇叭、买的第一台电脑、滑雪板、冲浪板、架子鼓、装满了失败电影剧本的文件盒。成箱的衣物送给了慈善机构。成箱的书送给了收容所的图书室。我们感觉有如净身出户。我们又回到原点。受环境所迫，我们得放弃那些因年岁渐长而不再需要的东西，放弃那些曾经的自己。我们开始清点回忆。仿佛我们已经死了，却还得整理自己的遗物；仿佛我们已经重生，现在又可以重新收集生活的点点滴滴。

我们的新家比阿普索普的公寓小很多。它位于上东区，二十多年以前，我在某种程度上认为这块地区是我心爱的一切事物的死敌。附近再没有古巴-中国风味餐馆。但壁炉却可以用，门卫可以为你开门，物业允许外卖将中餐送到你的公寓。才搬进来几个小时，我就感觉回家了。简直令人匪夷所思，我被自己吓着了。最重要的是，我羞愧得无地自容。自第二次婚姻结束之后，我还从未如此羞愧过，与婚姻相关的无数念头如今在我的脑海里奔腾翻滚：为什么我不在第一次嗅到其他女人的香水味时就离开？为什么这么久我都没明白，我之所以沉溺于所谓的爱，原来只是因为我喜欢做琐碎的家务，比如冲泡柠檬水而已？我怎么毫无想象力，忘了生活充满无限可能，包括最后我还会再次恋爱的可能？

但另一方面，我也绝不再对这套新公寓抱有任何幻想。

至少现在我没有。

我也不会再把这片小区想得多浪漫——尽管我得说它比我原先想象的要迷人得多。不仅如此，它还拥有许多使阿普索普显得不那么接地气的先天优势：附近有通宵营业的报摊和韩国便利店，甚至还有24小时营业的金考快印店。时值春日，窗外几树梨花正悄然绽放，轻盈曼妙，美不胜收。顺便说一下，在东区买菜和在西区一样方便，这里离机场更近，坐地铁更方便。我还得告诉你我在东区的惊人发现：这里的阳光更灿烂，真的，我不知道为什么，总之东区的阳光就是比西区的明亮。还有，这里的冬天更温暖，因为它离哈得孙河刺骨的寒风更远一些。它距离我所有医生的办公室都近得多，真抱歉，诸位到了我这个年纪，肯定也会考虑这一点。一个街区之外有一家酸奶店，它卖的希腊酸奶好吃得有如天堂美味。往另一个方向再走一个街区，便是我的的确确会每晚光顾的餐馆，你知道它的味道有多好了吧。

不过这和爱无关，这只是我住的地方。

/// 我与肯尼迪：浮出水面的秘密

Me and JFK: now it can be told ///

肯尼迪的实习生供认一切

昨天肯尼迪总统的实习生向《每日新闻》坦承说："我就是咪咪。"

玛丽恩（咪咪）·范恩斯托克如今已年届六十，在媒体终于揭秘了40年前她与当年风华正茂的风流总统的恋情之后，她声称终于卸下了心头的包袱。"我的两个女儿已结婚，这次采访对我来说是一份礼物，我终于可以将隐藏了41年的秘密讲给女儿听了。"她说，"真是如释重负，但现在对此事我不想再多言，请媒体尊重我本人以及家人的隐私。"

我在白宫做过肯尼迪总统的实习生。真的。有些作家看到某某新闻炒得正火，为了哗众取宠便会假装遭遇过类似经历。我的故事绝非此类笑料。那是在1961年，白宫新闻秘书皮埃尔·塞林格雇我在白宫的媒体办公室工作，这里正是咪咪·范恩斯托克工作过的地方，她比我晚来一年。如今咪咪·范恩斯托克被迫站出来承认她与肯尼迪总统的风流韵事，我想我也该讲讲我自己的故事。

咪咪着实可怜，我发现有关她的所有报道都无一例外地引用了新闻办公室另外一个女人芭芭拉·贾玛瑞肯的话。这位芭芭拉曾在肯尼迪图书馆的口述历史档案中斥责过咪咪。据报道，芭芭拉刻薄地说咪咪“不会打字”。呃，我想说的只有一个字，哈。事实上，是两个字，哈哈。当年我做实习生的时候，皮埃尔·塞林格的办公室里有六个女人。其中一个叫法多（她最好的朋友菲多在肯尼迪的办公室工作），据我所知，法多的全部工作就是在皮埃尔·塞林格的照片上签名，而菲多的工作则是在肯尼迪的照片上签名。打字似乎不是这里的人需要具备的一项技能，对于像我（我敢说还有咪咪）这样的实习生来说就更不需要了，因为**实习生没有办公桌，连坐的地方都没有，更没有打字机**。

是的，时至今日我仍然耿耿于怀。因为我当时不仅是白宫唯一一个穷得叮当响、没法总去买那种类似于杰奎琳穿的无袖A字麻纱连衣裙的年轻女人，而且还是媒体办公室唯一一个没位子坐的工作人员。我那时的打字技能和现在不相上下，每分钟可以打100个词。理论上来说，由于**我没有办公室**，一天工作八小时，就少打了4.8万个词。

另外，我烫的波浪卷发丑得惨不忍睹。等会儿在故事发展到高潮时，我的发型可是重点。

才刚去白宫“上班”，不出几分钟我就遇见了总统。那是我上班的第一天清晨，他准备飞往安纳波利斯发表毕业典礼演讲，塞林格要我与记者团乘坐新闻直升机一同前往。等回到白宫后，塞林格带我去见肯尼迪。他是我见过的最帅的男人。我已不记得当时谈话的具体细节，但肯尼迪图书馆中的塞林格回忆录里面可能会有相关记载。我哪天得去看看。我清楚地记得，这次见面短暂之极，大概只有10或15秒。之后我就回到了媒体办公室，迎接我的场景诸位读者已经知道了，那就是这里没有我坐的位子。

因此，一整个夏天的实习期我都潜伏在走道里，正靠近档案柜。档案柜里的绝大多数资料我都读过，包括一些注有“最高机密”和“仅供亲阅”字样的有趣备忘录。档案柜旁边正好就是男洗手间，有一天白宫发言人萨姆·雷伯恩失手把自己锁在了里面。幸亏我就在旁边，不然他有可能现在还在里面待着呢。

有时我会去总统办公室看总统与形形色色的外国首脑合影。我敢肯定，他有时知道我在看他。

这引出了我和肯尼迪总统的一次关键会面，这次会面肯定没有记入肯尼迪图书馆的档案，因为从来没人问过。那是一个星期五的下午，由于没有地方坐（参见以上），也无事可做（同上），我决定溜出去目送总统乘直升机去海恩尼斯港过周末。那天阳光明媚，我招摇地立于门廊之下眺望总统办公室门外的玫瑰园。直升机降落了，我几乎要被噪声震聋。旋转叶片掀起阵阵狂风（但我烫的波浪卷仍然紧紧贴在脑袋上）。电光火石间，总统从办公室而不是从住所走了出来，并从我身边走过准备上直升机。他转身。看着我。他认出了我。在震耳欲聋的轰隆声中，他对我说话了。我什么也听不见，但读得懂他嘴唇的动作，我敢打赌，他一定在说类似于“你好吗”之类的话。但那时我不确定。因此我尽所能给出了最佳回应。我回道：“什么？”

故事戛然而止。总统转身上了直升机，我继续在白宫里傻站着直到夏天结束。自此之后，我再也没见过他。

如今读完了有关咪咪·范恩斯托克的种种报道后，真相终于浮出水面，那就是我很可能是唯一一个在白宫与肯尼迪总统共事却没被他睡过的年轻女性。也许这要怪我的波浪卷发，这真是一个极其不幸的错误。也许是因为我的衣服，我一般穿色彩纷繁的合成纤维面料连衣裙，看起来就像失去了水分的Velveeta奶酪。也许还有一个原因，我是犹太人。不要笑。想想一长串和肯尼迪睡过的女人名单吧，里面有犹太人吗？我看是没有的。

从另一方面来看，我们之所以能清清白白，也许是因为肯尼迪隐隐地觉出“谨慎”可不是我的风格。我的意思是，如果我们之间有风流韵事，诸位绝对不会等这么久才知道。

好了，这就是我的故事了。我也许也该拿出来晒晒，尽管在过去的42年里我几乎逢人就讲。现在我就像咪咪·范恩斯托克一样，对于此事不想再多言，并请求媒体尊重我本人以及家人的隐私。

/// 我与克林顿：爱的尽头

Me and Bill: the end of love ///

很久很久以前我就和克林顿分手了。人总是很难记得过去的浪漫史。多年之后，你不禁问自己：我真正爱过吗，抑或只是自欺欺人？我真正爱过吗，抑或只是假装他是白马王子？我真正爱过吗，抑或只是因为患上了爱情饥渴症？不过对于克林顿，我确定且十分肯定这是真爱。我爱这个男人。

对于这段恋情，我必须得坦白一点：他不爱我。事实上，我甚至从未出现在他的脑海中。一次也没有。但在开始的时候，这还是拦不住我泛滥的爱。我爱他。我相信他，我甚至不觉得他会撒谎。当然，我知道在珍妮弗[1]这事上，他撒了谎，但那时我认为这不算撒谎。真是傻到无可救药。

但不管怎样，在这场爱情游戏中，我很早就不爱他了，比军

1．珍妮弗·弗洛沃斯，曾是克林顿的秘书。1992年克林顿竞选美国总统时，她声称自己和克林顿保持了12年之久的特殊关系，著有《与克林顿同床》一书。

中的男同性恋者们还不爱他[1]。那是在1993年，他刚上任不久，就在那一刻，我的心顿时化作坚石。这种表达方式只是一种隐喻，但如果人心真的可以变成石头且绝无隐喻意义，那只能说明他让我多心寒。我曾那么信任他。我一直坚信他是个不屈不挠的人。他怎么能这样？但他真这么做了，他还就是屈服了。结果表明，他和其他男人没什么两样。于是，结束了，再见了，帅哥。我闪人了。别指望我会给你打电话。顺便说一下，如果你的电话恰巧被你妻子接了之后，对方慌忙挂断，别以为是我，因为绝无可能。

等到克林顿与莱温斯基的绯闻满天飞时，你也许会以为我不会再被他伤害。你以为我只会耸耸肩说："我早有先见之

1．1993年，克林顿政府制定了"不问，不说"政策。该政策允许同性恋者服兵役，但条件是他们的性取向不能被公开。如果他们的性取向以文字或行动的方式公开，则要被解雇。该政策于2011年9月20日被奥巴马总统废除，此后美国的同性恋者可公开服役。

明，这种人人皆可唾弃的男人不值得信任。”可令我吃惊的是，克林顿把我的心又伤了一遍。那种被背叛感有如万箭穿心。他拥有一切，可他偏偏随手抛弃。不过事实是这样的：被抛弃的不是他的东西，而是我们的。我们给了他，然后他肆意挥霍。

多年之后，我和朋友们坐在一起吃饭仍然讨论着克林顿。我们怎么会走到这一步？到底是谁的错？是纳德[1]的错，戈尔的错，还是斯卡利亚[2]的错？甚至莱温斯基也进了罪人名单，因为毕竟送比萨饼的人是她，而比萨饼正是悲剧的源头。[3]对于我绝大多数的朋友来说，将罪人名单缩小到一个人身上至为困难，但对我来说就没这么难了。这一切只能怪一个人，克林顿。我在那个比萨饼和战争

---

1. 拉尔夫·纳德，政治活动家，也是一位律师、作家和演说家。五次参选美国总统未果，而2000年那次参选，因被认为搅局致使戈尔败给小布什而备受争议。
2. 安东宁·斯卡利亚，法学家，美国最高法院大法官。
3. 据称当初莫妮卡·莱温斯基就是在去给总统送比萨时而与其相识的。

之间画了一条直线。从这个角度来看，如果克林顿作风正派的话，戈尔就不会落选，那么就不会有成千上万的人白白送死。[1]

我讲这些是因为有一天我遇到了克林顿。当时是个星期天，我在看新闻，然后他出现了。我不得不承认，他真帅。他的话简洁精练，没有一句能把我逼疯的废话。他请了一大群人参加纽约的一场会议，他们一星期都在讨论全球变暖、贫穷以及一些在我看来晦涩而他却熟稔的话题。

当克林顿讲述那场会议之时，他的语言真是引人入胜。我看得出他有多关心这个世界；当然，我也可以看出他有多聪明。他的话太令人振奋了，几乎让我感动得一塌糊涂。令我震惊的是，我甚至可以明白自己当初为什么会爱上这个男人。我一时伤感得难以形容。如果能哄骗自己，说服自己从未深爱过

1. 继克林顿之后的新一任总统小布什曾发动伊拉克战争，导致数十万伊拉克平民伤亡，数千美军阵亡。

这个男人，忘记他会容易得多。

几天之后，我读到了有关克林顿这次会议的报道，刹那间脑海里突然闪过一个念头，克林顿也许想要我回心转意。“如今我已到了宠辱不惊的年纪，”他说道，“我只是不希望任何人在大限未到之前就提前死去。”我几乎热泪盈眶。但随后理智就回来了。彼时彼刻我真恨不得抓起电话打给他，并对他说，你这个伪君子，如果你真相信这些，那为什么不站出来坚持立场反对这场战争？

但我没打电话。几年过去了我都没打，直到现在也还只是想想而已。

/// 我的住所

Where I live ///

/// 一、我住在纽约市 ///

我在其他任何地方都没法住下去。“9·11”事件之后，我不得不开始面对一个事实，那就是无论发生什么，我都会住在这里，而且会一直住下去。我最喜欢纽约的一点，在于你可以拿起电话订购任何东西，还总会送货上门。我曾在另一座城市住过一年，那时整天忙着去商店买东西、把东西装上车、再开车回家以及把东西拿下来拎进家门，我醒着的每一个小时差不多都在干这些事。真不知道别人住在这些地方是怎么活的，反正对我是个谜。

/// 二、我住在公寓里 ///

我在其他任何地方都没法住下去。我爱公寓，因为我总是丢三落四。公寓是水平的，因此丢了的东西，例如眼镜、手套、钱包、口红、书、杂志、手机或信用卡，都比较容易找到。我以前有一天还在公寓里把一片奶酪弄丢了，这是真的。而且公寓大楼有门卫，如果你有电话订购的习惯，有个门卫是很方便的。我就常这么做，有时东西找不到了就得买。

/// 三、我住在一个社区里 ///

这个社区有干洗店、地铁站、药店、超市、ATM机、熟食店、美容院、美甲店、报摊和我吃午饭的餐馆。它们离我家全都在两个街区之内。这正是我喜欢纽约的另一点：一切近在咫尺。忘了买欧芹，没关系，跑出去买回来不过几分钟而已。这真是太美妙了，因为我总是忘买欧芹。

/// 四、我住在书桌边 ///

这是一张长2米、高0.7米的书桌，这个常规高度据说可以预防腕管综合症等电脑病。我的书桌是白色的。我的电脑是苹果Power Mac G4，白天的大半时间和夜晚的一半时间我都与它相依相偎。昨天在网上闲逛的时候，我突然发现有个词可以形容我——“鼠标土豆”。它指的是离开了电脑就不能活的人，类似于成天窝在电视前的“沙发土豆”[1]。我的书桌最讨人喜欢的地方，在于它的左下方有一个特大号抽屉，抽屉里放了一只庞大的废纸篓。在书桌里打造废纸篓很可能不是我的发明，但也有这种可能，不过不管我是否有发明专利，总之这是一个突破。废纸篓太丑了，不仅占地方，里面还塞满了恶心、乱糟糟、皱巴巴的废纸和旧茶包。在我这里绝无这种有碍观瞻的玩意儿。我强烈建议把废纸篓塞进书桌，我亦强烈希望我在此处写下这段话之后，这种抽屉会成为潮人们的炫酷装备，多

1. 源于“沙发土豆”（couch potato），指那些拿着遥控器、蜷在沙发上什么事都不干、跟着电视节目看的人。

年之后，人们一提起我就会想起它。我的书桌一片凌乱，许多我找不到的东西都深埋在桌面的某处，有时它们也会葬身于废纸篓。唉，我时常扔错东西。

/// 五、当然，我也住在厨房里 ///

有时我去那里做吃的，有时去那里思考下一顿该吃什么，有时只是走过去小小地锻炼一下身体。我每天差不多要去厨房100遍，这可绝非夸张。这不，我现在又得去了，就在一分钟之前我在那里啃上了一只苹果，这会儿得回去把它吃完。但愿它还在那里。

/// 3500词的人生

The story of my life in 3,500 words or less ///

/// 只要能回纽约，我就会没事 ///

五岁时，我们家刚从纽约搬到洛杉矶。当时我在户外，在位于比佛利山杜海尼大道上的新学校里的一个操场上。阳光透过绿树斑斑驳驳地洒下来，耳畔回荡着金发男孩女孩们的欢笑声。我满脑子里只有一个想法，我来这里干什么？

/// 母亲的话（1） ///

一切皆为重复。在我成长过程中，这句话母亲至少说过500次。

她还说，千万别买红色外套。

/// 老师的话 ///

高中教新闻的老师名叫查尔斯·O.西姆斯，他教我们写导语（一般为新闻报道的第一句话或第一段话）的时候在黑板上写了下面几个字：人物（Who）、事件（What）、地点（Where）、时间（When）、原因（Why）和发生经过（How）。然后他列了几则事件要我们写，其中一则是：

比佛利山高中校长肯尼斯·L.彼得斯今天宣布，学校全体教职员工将于星期四前往萨克拉门托参加新型教学方法研讨会。人类学家玛格丽特·米德和芝加哥大学校长罗伯特·梅纳

德·哈钦斯届时亦将出席研讨会。

我们都端坐于打字机前写导语，大多数人只是把老师的原话颠倒了一下，比如成了这样的：

高中校长肯尼斯·L.彼得斯今天宣布，人类学家玛格丽特·米德和芝加哥大学校长罗伯特·梅纳德·哈钦斯星期四将在萨克拉门托的一场研讨会上就新型教学方法发表演讲，请本校教职员工务必参加。

我们把导语交了上去，备感自豪。西姆斯先生看过我们的作业之后，却把它们通通扔进了垃圾桶。他说："报道的导语应该是'星期四不上课'。"我头顶上那只气球中的灯泡刹那间点亮了。就在那一刻，我决定将来做记者。几个月之后，我杀进市作文比赛，在用词控制在50个以内的情况下以“我为什么想做记者”为题写了一篇作文。我获得了一等奖，奖品为两张多丽丝·戴（Doris Day）主演电影的全球首映票。

/// 我向上帝发誓，
绝不再给珍妮丝·格拉布曼嘲笑我的机会 ///

我考上大学了。体重为48公斤。三个月后从大学回家时，体重为58公斤。我曾经瘦骨伶仃，毫无曲线可言。如今我长胖了，讽刺的是，还是毫无曲线可言。以前的衣服都穿不下了，除了那条羊毛彩格呢百褶半裙，但它只会让我显得更胖。这真是悲剧。当我从飞机上走下来之时，父亲看了我一眼，然后对母亲说：“呃，女儿的性格好，将来也许还是有男人愿意娶她的。”

我回到学校，赘肉依旧纹丝不动。宿舍食堂里有一种人称“奶牛”的机器，按一下喷嘴，里面就会流出那种你从未尝过的最冷冽、最美味的牛奶。食堂里还有焦糖面包卷、空心松饼和司康饼。我从未见过这么多美食。我爱死它们了。吃了第二个还想吃第三个。它们个个重油重糖，当然，还有那冷冽、美味的牛奶。亲爱的朋友们，我们在此不谈低脂牛奶。在那个久远的年代，低脂牛奶是我们闻所未闻的东西。

总之，几个月又过去了。夏天来临时我又回家了，仍然一如既往地肥。以前的衣服没一件穿得下。前面我已说过一遍，现在悲剧依旧。因为是夏天，所以我甚至没法穿那条羊毛彩格呢百褶半裙了。于是，我去找我的朋友珍妮丝·格拉布曼借几件衣服。珍妮丝一直都很肥硕。我试了她的一条裤子，太小了，小得令人发指。我甚至没法拉上拉链。珍妮丝一脸讥笑。

她当时就是这样反应的："哈——哈——哈——哈——哈。"第二天我就节食了。半年之后，我的体重跌回到48公斤。自此以后，我节食至今。

我已有四十多年没再见过珍妮丝，但我不怕见到她，因为我已经准备好了。我变瘦了。不过如今我的体重又回到了58公斤，和变成小肥妹之后第一次从大学回到家里时的体重一模一样。这一点我无法解释，反正我就是不怕她。

/// 我不准备嫁给斯坦利·J.弗雷克 ///

肯尼迪任内，我在白宫做暑期实习生时，我与一位名叫斯坦利·J.弗雷克的年轻律师订婚了。我认识的所有人都订婚了。他来华盛顿看我的时候，我带他参观了白宫。我有通行证可以让我们畅通无阻。我带他看了红厅，看了蓝厅，看了格蕾丝·柯立芝[1]那张迷人的画像。我还带他看了玫瑰园。参观完毕后，他说："我未来的妻子绝不能在这种地方上班。"

/// 星期天的中央公园 ///

星期天，我坐在中央公园湖中的一条小船上。值得庆幸的是，划船的人不是我。我仍在读大学，但很快就要毕业了。很快我就会住在这里，住在纽约。我看了看环绕在公园四周的摩天大楼，脑海中突然闪过一个念头：除了眼前这个划船的男人之外，我在纽约一个人都不认识。而且我对船中的这个男人几

1. 美国第30任总统卡尔文·柯立芝的夫人。

乎一无所知。我怀疑我可能会成为报纸上报道的那种住在纽约但从不和任何人来往、最后老死在家、直到几天之后尸臭味飘到走廊里才被邻居发现的人。我发誓，总有一天我要在纽约结识朋友。

/// 我要一辈子做新闻记者 ///

那是1963年。在报纸行业长期罢工期间，我为恶搞版的《纽约邮报》[1]写了一篇文章。《纽约邮报》的编辑深受困扰，但出版商却被逗乐了。“如果他们能恶搞《纽约邮报》，那肯定也能为我们《纽约邮报》写文章，”她说，“雇用他

1. 当时有一份恶搞《纽约邮报》(*New York Post*)的小报《纽约害虫》(*New York Pest*)，作者最开始就为这份小报写文章。

们！”罢工结束时，《纽约邮报》给了我一个星期的试用机会。位于市区的本部满是灰尘，阴暗肮脏。办公桌破得要散架了。一股恶臭扑面而来。这里连电话都不够用。编辑让我去科尼岛水族馆写一篇关于两只冠海豹的报道。那两只冠海豹被安排在一起交配，但它们就是抵死不从。我写了这篇报道，自认文笔还算幽默。交稿后，我听见了新闻部办公桌那边的笑声。他们也觉得很幽默。于是我被长期雇用了。我这辈子都没这么快乐过。我已实现了我的人生理想，这一年我22岁。

/// 我也许不会一辈子做新闻记者 ///

一天晚上，我和几个记者同事以及总编去《纽约邮报》附近的酒吧。当时一连几天都在下雨。几杯酒下肚后，总编请我们去他位于布鲁克林高地的家。到了之后，他叫我站到房子前面的门廊上。一扇窗户的上面有一块雨篷。待我站好，他压低雨篷，大约十加仑的雨水兜头泼下，我从头到脚全部湿透。他却觉得好笑得不得了。

/// 我的生活变了 ///

我为一本杂志写了一篇有关贫乳的文章。如今我是作家。

/// 母亲的话（2） ///

我现在理解了母亲说的“一切皆为重复”，她的意思应该是这样的：当你踩到香蕉皮时，别人会笑你；当你告诉别人你踩到了香蕉皮时，笑的人是你。因此，你变成了主人公，而不是笑话里的受害者。

我觉得这就是她的意思。

另外，她的意思可能仅仅只是“一切皆为重复”。

那一年她在医院里，弥留之际对我说：“你是个记者，诺拉。来，记笔记。”这话可和她的口头禅“一切皆为重复”大不一样。

母亲死于肝硬化，但是导致她死亡的直接原因却缘于父亲给她服用了过量的安眠药。那时在我看来，这种事和“一切皆为重复”风马牛不相及。尽管我妹妹艾米觉得这还是很符合母亲那句口头禅的意味，而且她还把这事写进了小说。谁又能责怪她呢？

/// 她去世的过程：我的版本 ///

母亲住院了。每天父亲都打电话说，就是这样，他们准备拔管子了。但实际上根本没有针管。妈妈回家了。一晃几天就过去了。一天父亲说，他晚上要给护士放假。就在那个深夜，他打电话说，母亲已经过世。殡仪馆已经过来抬走了她的遗体。我赶去他们的公寓。那是凌晨四点。我陪父亲坐了一会儿，然后我们决定在天亮之前小睡片刻。父亲把手伸进睡衣口袋，掏出来一瓶安眠药。“这是医生开给我的安眠药，”他说，“把它们冲到马桶里吧。”我于是去洗手间把药倒掉。第二天，妹妹们也来了。我对她们说了安眠药的事。艾米问：“你有没有数有多少片？”

“没有。”我答道。

“切。”她不屑。

/// 我和他的婚姻持续了六年 ///

我的第一任丈夫是个非常好的男人，虽然他爱猫爱到病态。那是1972年，女权运动的高潮时期，每个人都在离婚，连丈夫没有爱猫爱到病态的女人都加入了离婚的行列。我丈夫打算带我去非洲来一次狩猎摄影游，我对他说：“我不去。”

“为什么？”他问。

“因为太贵了，我们以后很可能会分手，让你白白花这么一大笔钱带我去非洲，我会内疚到心痛。”

“别傻了，”他说，“我爱你，你爱我，我们不会离婚的。就算我们要离，我还是想要你陪我去非洲，除了你我谁都不要。我们去吧。”

所以我们去了非洲。这是一次难忘的旅行。回到家时，我对丈夫说我要离婚。“可我带你去了非洲呀！”他说。

/// 你不能编这个故事 ///

我在为一本杂志写文章，主人公是一个刚从本宁顿学院校长职务上被解雇的女人。我在《纽约时报》上读到过她被解雇的报道，同时被解雇的还有本宁顿学院副校长，也就是她丈夫，这一事件主要是因为她曾勇敢地站出来反对终身教职制度。我怀疑她被解雇与反对终身教职制度无关，尽管我不知道真正的原因是什么。我去了本宁顿学院，结果发现，她被解雇实际上是因为她和学院的一位教授有染。他俩以前一起教过霍桑的小说，还在课堂上穿了印有红色A字的情侣T恤。而且，我发现教职员工一开始就恨透了这个女人，因为她在为员工开派对时，拿温吞的千层面和尚未解冻的莎莉香蕉蛋糕打发客人。这次采访让我的心情久久不能平静。我真不敢相信生活居然如此真实，真实得永远不会让你失望。活生生的故事是如此有趣，我实在想不通为什么有人会写虚构小说。

/// 一切皆为重复 ///

第二个孩子在我腹中孕育了七个月时，我发现我的第二任丈夫出轨了。那个女人也是有夫之妇。她丈夫打电话给我。他是英国驻美大使。在此我绝无戏谑之意。他正好是那种喜欢从全球视角来看待几乎一切事物的人。他请我吃饭。我们在康涅狄格大街的一家中餐厅门口见面，之后便扑进彼此的怀抱失声痛哭起来。“噢，彼得，”我对他说，“这样是不是太别扭了？”

“太别扭了，”他说，“这个国家到底是怎么了？”

我哭得一发不可收拾，但与此同时却在想，有一天这会成为一个有趣的故事。

/// 我与他的婚姻持续了两年零八个月 ///

我飞到纽约去看心理医生。走进她的办公室后，我泪如雨下。我告诉她丈夫背叛了我。我告诉她我的心碎了。我告诉她我整个人已七零八碎，再也不可能恢复到从前。我哭得不可抑止。她望着我说："你得明白一点，你迟早会离开他。"

/// 另一方面，你也许可以编这个故事 ///

因此我写小说。我把第一任丈夫的猫换成了仓鼠，把英国大使换成了副国务卿，又给我的第二任丈夫添上了一脸胡子。

/// 离婚的痛苦之一 ///

这是我妹妹迪莉娅说的，她真是一针见血。我们年少时总喜欢听父母如何相遇，如何相爱，又如何在某年夏天做夏令营辅导员时一起私奔的故事。这是我们生活中不可或缺的一部分，有如一首吟唱了一遍又一遍的歌，无论后来如何，无论他们两人之间发生过多少不堪，我们始终明白父母曾经深爱过。

可一旦离婚，你永远不能告诉孩子，说你曾爱过他们的父亲，因为这太让人迷惑了。

然后，再过一些时日，你甚至也记不清你们是否深爱过。

/// 一个男人和一个女人，住在一座荒无人烟的半岛之上 ///

爱丽斯·艾伦（Alice Arlen）与我合写了电影《丝克伍事件》的剧本。它基于一个真实的故事，故事的主角名叫凯伦·丝克伍，她在俄克拉荷马州的一家钚工厂工作。有一天她准备去见《纽约时报》的记者谈谈工厂的情况，结果在路上死于一场离奇的车祸。迈克·尼古拉斯导演了这部电影。他本应去导演一部百老汇音乐剧，但后来被一位与这部音乐剧有关的密友背叛，导致工作泡汤。为了叙事方便，我们暂且称这位密友为某女。

我们开始写下一段剧本草稿时，迈克没完没了地建议我们写下凯伦·丝克伍被一位女性密友背叛的情节。针对这一线索，他有成千上万个构想，但通通和凯伦·丝克伍的真实事件无关，相反却和迈克被某女背叛的故事如出一辙。我最后只得说："迈克，某女并没有谋杀凯伦·丝克伍。"

"没错，"迈克说，"我明白你的意思。但我要讲一个半岛故事。"

于是，他就给我们讲了这个半岛故事：

一个男人和一个女人住在一座荒无人烟的半岛之上。男人的母亲来跟他们一起住，男人出差去了。女人坐渡船去内陆与情夫幽会。他们上了床。一番云雨后，女人才发现时候不早了。她起床穿衣，飞奔到码头赶最后一班回家的渡船，但还是没能赶上。她苦求开渡船的船夫。船夫说可以带她回半岛，但她必须付六倍船费。但女人身上没这么多钱。她只能走回家，在回家的路上，她被一个陌生人奸杀了。

现在的问题是：谁该为她的横死负责？谁的责任最大？是这个女人自己、她丈夫、婆婆、船夫、情夫还是强奸犯？

迈克说，这个问题相当于罗夏克测试[1]，如果你要朋友回答，他们每个人可能会给出不同的答案。

我头顶上的灯泡又亮了。

这番谈话结束了我与新闻行业的情缘，让我开始明白几乎一切可成故事。

1．瑞士精神分析学家赫曼·罗夏克发明的一种以墨迹测验受试者人格的实验。

E.L.多克托罗（E.L.Doctorow）曾经写过一段至为简洁的话，意思和我的相近。

“我越来越相信，我们以前的分类是错的，这世上没有虚构或非虚构，只有叙事。”

/// 我的剧本《当哈利遇到莎莉》片段 ///

哈利：为什么不谈谈你的人生故事？

莎莉：我的人生故事？

哈利：还有18个小时才能到纽约，我们得打发时间。

莎莉：我的人生故事短得甚至撑不到我们走出芝加哥。我的意思是，我什么都还没经历过，所以我要去纽约。

哈利：这么说你在纽约会经历什么事？

莎莉：是的。

哈利：比如说？

莎莉：比如说我会去读新闻，然后做记者。

哈利：那时你会写别人的经历。

莎莉：也可以这么说。

哈利：如果你什么也没经历呢？如果你在那里住了一辈子什么事也没发生呢？如果你没有遇上任何人，最后一事无成，老死在纽约一处冷漠的公寓，死了两个星期直到尸臭味飘到走廊里才被人发现，那会怎么样？

/// 一个男人走进餐馆 ///

我正在餐馆里和朋友们一起吃饭。一个我认识的男人走到桌边。他是个出了名的好男人。我离婚的时候他的婚姻也正好破裂了。他说：“你有电话号码吗？”

/// 我们没法事事周全 ///

我坐在一间小小的放映厅里等电影开始。放映厅里满是人，座位不够。人们挤在过道里，无助地四处张望。我与朋友鲍勃·戈特利布坐在一起，旁观这一切。为解决问题，电影导演要试映厅的孩子们挤在一起坐。我越来越失望。最后我对鲍勃说：“这个问题其实很简单，找人拿几张折叠椅，把它们打开放在过道里就行了。”

鲍勃看着我。“诺拉，”他说道，“我们没法事事周全。”

我突然如梦初醒。

诺拉，我们没法事事周全。

我悟出了生命的真谛。

尽管很可能有点晚。

/// 题外话 ///

有一天我买了一件红色外套，是特价的。但到目前为止我还没穿。

///　遗失的酥皮卷或追忆酥皮卷年华

The lost strudel or le strudel perdu　///

美食会消失。

我这里所说的美食，与习惯、记忆、传记、隐喻、悔恨或爱情通通无关；也和大名鼎鼎的玛德琳蛋糕无关，很多像我这样的人都喜欢把这种蛋糕挂在嘴边，仿佛读过普鲁斯特的书一般[1]——事实上一般都没读过。我指的美食只是美食而已。美食会消失。

我指的是甘蓝酥皮卷，它于1982年前后在曼哈顿消失，这23年以来我一直在寻觅它的芳踪。

我列了一张长长的表，上面写着那些曾经爱吃后来都遍寻不着的美食，甘蓝酥皮卷当然名列其中。不过位居榜首的却是卡仕达冰淇淋，这种口味浓稠细腻的冰淇淋在我五岁那年全家搬到加州去后就消失了，自此我的人生就变成了一连串心碎的

1．玛德琳蛋糕在法国作家普鲁斯特的小说《追忆逝水年华》中曾多次出现。

记忆。

我这里写的甘蓝酥皮卷以前在第三大道一家小得可怜的名叫“赫太太”的匈牙利烘焙店里有卖。我与它初次邂逅于1968年，我真不想这么感情用事，但还是要说，它几乎是我第一次婚姻的唯一记忆。甘蓝酥皮卷看起来颇像苹果酥皮卷，但它不是甜点，更像是一种pirozhok——那种俄罗斯茶室里最具特色的肉馅酥饼（这种酥饼如今也消失了）。甘蓝酥皮卷要和汤、炖肉或烤山鸡等主菜一起搭配着吃（这并不是说我做过烤山鸡，但它和甘蓝酥皮卷配在一起肯定是相得益彰的美味）。它的酥皮饱含黄油，薄香酥脆（下辈子我不仅要掌握这种做酥皮的艺术，而且还要好好拜读普鲁斯特的书，至少会看到第一章后面），里面包的虽然是普通的炒甘蓝馅，但甘美多汁、清爽可口，充满了意外惊喜，和所有的美好事物一样让人沉醉。有一次我吃了很多甘蓝酥皮卷，后来我终于不再那么迷恋并暂时忘记了它。我想那段时间应该算得上是我的“逝水年华”，感觉很糟，原因有许多。其中一个相当重要的原因是，等我再次记起我那心爱的甘蓝酥皮卷时，它却已不在原地等我，我怎么也没料到会这样。

当然，这里是纽约。这座城市永远给你意外。房租上涨，一代人逐渐老去，他们的孩子不愿再继承祖业。因此，突然有一天，你发现自己站在东区，寻找着从前一直在这里的“赫太太”匈牙利烘焙店，它曾是伟大的地标，是这个社区不可分割的一部分，也几乎是纽约生活的关键性片段，可是老天啊，它现在凭空消失了，甚至没有人费神来通知你一声。真是悲哀。虽然我得说这当然算不上正儿八经的伤心事，但还是足以令人黯然神伤。另一方面，这种沉痛的打击还是可以减轻几分的，毕竟以后这种酥皮卷可能会神奇地重出江湖，或者说不定以后你自己会做出一模一样的。所以，你开始暗暗希望。然后，希望薄成一线一丝，但你还是希望。最后，你终于绝望。这就是美食消失后，你会经历的悲伤的三个阶段。

酥皮卷再也找不到了。于是，我在网上花了数小时寻找它的食谱，但它们都不像我遗失的甘蓝酥皮卷。在一次鸡尾酒派对上，一位名叫彼得·赫布斯特的杂志编辑出现了，我丈夫让我误以为他是“赫太太”酥皮卷世家的成员之一。我斯文尽失地扑上去，结果很悲哀，我找错人了。我也曾和著名的匈牙利餐馆老板乔治·朗谈起过此事，他好心地给了我一份甘蓝酥皮卷的食谱，我试着做了，但味道仍旧两样。（事实上，美食遗失后的最痛心之处，在于无论你在家怎么做，就是做不出那个味道，即使是像我这种以食不厌精而闻名的一流家厨也休想。）

大约两年前，我已陷入绝望泥沼的最深处，几乎再无处可陷——我对甘蓝酥皮卷不再抱任何希望。就在这时，我的心又一次碎了。美食作家艾德·莱文告诉我，我心心念念的酥皮卷在皇后区雷哥公园一带一家名叫“安德烈”的匈牙利烘焙店有卖，只是需要特别预订。艾德没有亲自预订过，但他拍着胸脯说只要我打个电话，安德烈就会给我做。我简直不敢相信自己的运气。我马上打了电话。我重重地甩出艾德·莱文的名头，那声音何止是掷地有声，你甚至在新泽西州都可以听见。我说，艾德告诉我只要预订甘蓝酥皮卷，就会为我做，所以我现在打电话来了。如果行的话，我打算预订一整盘。你猜怎么着？安德烈根本不把艾德·莱文或我放在眼里。他一口回绝了我。他说他太忙，没工夫做那种酥皮卷。就是这样了。

但故事还没结束。

这个星期，艾德·莱文又找我了。他发电邮告诉我，说“安德烈”匈牙利烘焙店在曼哈顿开了一家分店，就在第2大道和第85街的交会处。可以径直去柜台买甘蓝酥皮卷，不需要预订，它就摆在柜台里面。他已经吃过一块。“如今我终于明白你为什么对这种甘蓝酥皮卷一直赞不绝口了。”他写道。

第二天我就和丈夫步行去了“安德烈”。这是纽约的一个明媚冬日——或者说是我理想中的明媚冬日，在这样的日子里你几乎不需要穿外套。我们找到了那家烘焙店。它亦是一家咖啡馆。我们走进去点了甘蓝酥皮卷，然后热切地盼望着。终于端上桌了，我叉起一块送入嘴中，细细品尝。

我不会告诉你我激动得浑身颤抖（就像普鲁斯特尝玛德琳蛋糕那样），也不会正儿八经地说“荣辱得失不必在意，背时遭劫亦无甚大碍，短短一生不过一场幻觉”之类的话。尝一口甘蓝酥皮卷就有这种感觉未免有矫情之嫌。但“安德烈”的甘蓝酥皮卷的确是极好的。酥脆多汁，甘美爽口，黄油丰厚得超出我的想象。它的味道和“赫太太”的截然不同，但论美味程度却不相上下。再次得以一尝，有如时光倒流，又仿佛将某个错误带来的严重后果一笔勾销了。无论是在干洗店找到曾经丢失的衬衫，还是被人归还落在出租车里的手机，都没有这种感觉美妙。这个故事证明只要永不放弃、心存希望就会有好结果；它说明了很多道理，甚至所有的道理，不过它也许毫无大道理可言。它在很大程度上只是一个甘蓝酥皮卷的故事。

/// 对书的迷恋

On rapture ///

我刚从几天以来与书相伴的那种销魂蚀骨的狂喜中醒来。我爱死了这本书。我爱与它相伴的每一分每一秒。它不仅令我沉迷，还勾起了我人生中点点滴滴的回忆。书中人物的命运令我扼腕。我的灵魂受到了洗涤。我全身心融入书中，感觉有如重生。刹那间，文思泉涌，一个个绝妙的想法不断往外冒，曾经爱读的书中的种种情节全部涌上心头。我写了十几封假想的信给作者，只是绝不会真正动笔，更不可能真正寄出去。我写了许多赞美信。我还在几封信里围绕着作者的主题不合时宜地提到了自己的个人经历。甚至当书中的一个人物黯然离世令我为之心碎时，我还忍不住写了一封控诉信。不过我写的信大半为感谢信：每每读到一本好书时，我总会欣喜若狂，这也正是我喜欢读书的主要原因之一。但好书不常有，甚至颇为难得。但如果真与好书相遇，我必定会兴奋到灵魂出窍。

小时候，几乎读过的每一本书都会把我带入这种狂喜状态。诸位是不是觉得我把早年的阅读体验给美化了？我可不这么认为。我现在还能把小时候反复看过的许多书一一列出来，其中最让我入迷的要数《绿野仙踪》，但还有许多其他书也令我如痴如醉。我真想成为那位住在伦敦的小女孩简·班克斯，因为我也想有一位像玛丽·波平斯那样的神仙保姆。我还渴望成为住在森特堡的霍默·普里斯。他太幸福了。他叔叔有一台烤面包圈的机器，里面会源源不断地涌出面包圈。弗朗西丝·霍奇森·伯内特所著《小公主》中的那位小女孩莎拉就是另一个我（诸位应该懂得，现实中的我当然和她完全不一样。她可比我小时候乖多了）。这个故事令我深深着迷，一位小小的富家女在贵族寄宿学校读书，享受公主一般的待遇，可等到父亲一去世，就马上被校长赶到阁楼里沦为女佣。哦，我多想成为孤儿！等到读完了《修女传》之后，我又开始感叹，哦，我多想成为修女！我渴望在一座荒岛附近遭遇船难，然后被困在喀拉喀托火山之上。我渴望变成奥兹玛公主[1]、乔·马奇[2]、安妮·弗兰克[3]、南茜·朱儿[4]、艾萝依和孤女安妮[5]——至少在想象中，我可以成为她们。

小时候，我在床上和家中阳光房的藤艺沙发上度过了绝大部分的阅读时光。有一件事让我想不通：但凡读到一本心仪的书，我总会忆起以前那些令我狂喜欢欣的书，会情不自禁地忆起曾经的家，曾经读书时坐过的沙发。大学毕业后住在格林尼治村，我喜欢坐在崭新的粗条灯芯绒沙发上读《金色笔记》，这是多丽丝·莱辛写的一本大师级的小说，它改变了我的人生

1．《绿野仙踪》中奥兹国的公主。

2．《小妇人》中的核心人物，也是个性最为鲜明的人物。

3．《安妮日记》的作者，第二次世界大战时犹太人大屠杀中最著名的受害者之一，去世时年仅15岁。

4．20世纪30年代系列侦探小说《神探南茜》中的主角。下文的艾萝依亦是该系列小说中的人物，她是南茜的姑姑。

5．《绿山墙的安妮》中的红发女孩。

以及20世纪60年代许多年轻女性的人生。我现在还保留着那时读的平装本，还把很多书页都折了起来，边边角角里写满了读书心得，所以我可以轻轻松松地回头查阅。如今还有人读《金色笔记》吗？我不知道，但在那个年代，就在女权运动即将爆发到第二个阶段之前，读到莱辛笔下的女主角安娜为自由而战时，我顿时感觉有如当头棒喝。我所关注的那些事物——工作、友谊、爱情、性爱、政治、心理分析、写作——都是莱辛的主题，有无数次，我被书中的智慧和深刻见解深深震撼，忍不住掩卷长思。

转眼间几年过去了。我的沙发换上了紫色沙发套，如今我读书只为纯粹的快乐。我的新欢是马里奥·普佐的《教父》，这本书让我一时间如见天人，迅速将我卷入了惊天动地的爱情浪潮之中。我要做黑手党！不，这有悖常理。好吧，我要做黑手党的女人！

几年之后，我离婚了。这不值得大惊小怪。我和沙发一起搬到了西50街上一套幽暗的公寓里。那是一个夏日的周末。我无事可做，按理来说我应该寂寞，但事实并非如此，因为我在看雷蒙德·钱德勒的侦探小说集。

六年之后，我又离婚了。一连几个星期精神涣散，一颗心怎么也安静不下来，什么书也看不进去。与我同住的室友给了我几本预售版的《史迈利的人马》。我窝在客房的床上，高高兴兴地把自己交给了约翰·勒卡雷。我当然爱约翰·勒卡雷，但我更爱他笔下的人物乔治·史迈利，那位心中伤痕累累的间谍。我真希望乔治·史迈利的心能够复原，我亦希望他能从被妻子背叛的噩梦中走出来。我希望乔治·史迈利能再度坠入爱河，我希望与他遨游爱河的那个人是我。细想一下，乔治·史迈利才是我应该嫁却一直没能嫁成的那种男人。我暗下决心，一定要给约翰·勒卡雷写封信，给他灌输一点我在这方面的非凡智慧。

但与此同时，我在离婚之战中痛失了那张心爱的紫色沙发，因此我买了一张松软如云的新沙发，那可是读书的绝佳伴侣，它的面料温暖舒适，有扶手有软垫，可以躺也可以靠，完全取决于你想坐着看书还是躺着看书。在这张沙发上，我看了安东尼·特罗洛普绝大部分的小说以及伊迪丝·华顿的全部小说，这两位作家都已过世，我没法给他们写信。现在来看，他们的书依然和当年一样新潮，可惜我不能告诉他们，真是太可惜了。我读了简·奥斯汀的所有作品，六本小说一本接一本地看。我为每本小说中的恋人们担心不已，他们能战胜种种误会误解、性格缺陷、阶级界限、被拒绝的痛苦以及所有其他爱情障碍吗？我简直把它们当悬疑小说看，心情紧张得厉害，你绝对猜不到，这些小说我以前至少已读过了十遍。

终于有一天，我读到了一本很可能是成年后最令我惊喜的小说。那是一个明媚夏日，我在海边歪坐于躺椅之上，打开了威尔基·柯林斯的代表作《白衣女人》，这很可能是有史以来第一部重量级的神秘小说。虽然我的说法并不一定站得住脚，但刹那间我已把整个世界抛诸脑后了。我贪婪地读着每一个字，不知不觉几天已过去。我没法放下书假装兴致勃勃地投入日常生活，那样对我来说每一分钟都是折磨。我怎么能熬得住？我什么时候才能接着看下去？书读到一半时，我就得回纽约工作，有一部电影等着我完成。我坐在录音棚里魂飞天外，满脑子里只想着书中我心爱的人物能否幸免于难。如果最最亲爱的玛丽安·哈尔库姆遭遇任何不测，我简直会肝肠寸断。我得时不时地放下书抬起头，因为一屋子人都在等我的意见。音乐是否太绵？雷鸣声是否太吵？我实在没法相信他们居然这么不理解我，我在看书呢，这可是头等大事。我在读一本有史以来最精彩的书。

有一种感觉叫“深海眩晕”，它指的是深海潜水员因在海底停留太久而不知道海面在哪一个方向的感觉。浮出水面后，他可能会得潜涵病，这是一种从高气压环境骤然进入低气压环境而致身体一时无法适应的病症。当我从好书的深海浮出到现实生活的水面时，也会得这种病。最近把我拽入深海的书，也即那本我在本文开篇提到的那本，是迈克尔·夏邦写的《卡瓦利与克雷的神奇冒险》。它讲的是两个塑造漫画角色的男人，我们也可从中了解艺术家以日常生活为灵感、以天马行空的方式创造神奇事物的点点滴滴。书中有一个片段，讲满屋子都是飞蛾，几页之后，联合广场公园的一棵枫树上又出现了一只硕大的月形天蚕蛾，又是几页之后，所有的这一切经过艺术加工，成了漫画书中的女主角“月光蛾”。作者凭借着非凡的想象力居然可以化平凡为神奇，那一刻我不禁放下了手中的书。作者的顽皮淘气以及那举重若轻的本事令我叹为观止。这本小说讲述的是20世纪40年代的纽约，尽管我一个星期以前就看完了，但仍然沉浸于其中。此时此刻，我抽着骆驼烟，萨尔瓦多·达利[1]正在隔壁开派对。我最终还是得重新呼吸21世纪纽约的空气，不过也许没这个必要。我得再去找一本好书，穿越到另一个年代。祝我好运。

1. 西班牙画家，因其超现实主义作品而闻名，与毕加索、马蒂斯一起被认为是20世纪最有代表性的三个画家。

/// 早该知道的一些常识

What I wish I'd known ///

每个人只能做你自己。

买，不要租。

绝不要嫁给一个你舍不得与之离婚的男人。

沙发套要用米色系布料。

不要买百分之百纯羊毛的衣物，即使它看起来极其柔软，即使在店里试穿时毫无瘙痒之感。

不要和11点之后还给你打电话的人做朋友。

拦截即时邮件上的每一个人。

即使是全世界最优秀的保姆，工作两年半之后也会崩溃。

未来不可预知。

最近四年的心理治疗完全是浪费钱。

飞机不会坠毁。

35岁时让你看不顺眼的任何一个身体部位，到了45岁都会让你无比怀念。

到了55岁，就算你瘦成一张纸片，腰上还是会有一团松松垮垮的肥肉。

腰上的肥肉从背后看尤其明显，因此你必须重新审视衣橱里半数左右的衣服，尤其是白衬衣。

把每件事都记录下来。

保持写日记的习惯。

多拍照片。

空巢之痛总是被低估。

你可以点一份以上的甜点。

衣橱里不应该有太多黑色高领衫。

如果鞋子在鞋店里不合脚，那永远都不会合脚。

孩子进入青春期时，绝对有必要养只狗，起码家里还有人会给你好脸色。

备份你的文件。

把所有物品超额投保。

每当有人说“我们的友情比这个更重要”之时，你可得小心了，因为事实几乎总是相反。

馅饼皮没必要亲手做。

半夜之所以醒来，是为了喝第二杯酒。

一决定离婚，就应该去找律师准备文件。

小费要多付。

有些事永远不要让他人知道。

如果衣橱里买失手的衣服只有三分之一，你就已经是穿衣达人了。

如果朋友担心自己会在飞机失事中丧生，要你做他们家小孩的监护人，你大可以说不。

这世上没有秘密。

/// 想想另一种选择

Considering the alternative ///

60岁时，我在我最喜欢的五座城市之一拉斯维加斯举办了一个盛大的生日派对，一整个周末，我们都在吃吃喝喝和赌博找乐子。一位朋友在赌桌上扔出了12点，我们所有人都赢了一点小钱。我们大呼小叫闹成一团，上床睡觉时我还兴奋得几乎头晕。这股高兴劲儿持续了几天，因此，我成功地忘记了60岁生日的所有意义。多年以来，否认一直是我的生活方式，我真的相信否认很有用。在我看来，对付这种生日的唯一办法就是尽一切所能将年龄抛诸脑后。虽然如今我的身体远不如30、40或者50岁时的状态，但我的发型绝对是有史以来最好的，我还拥有心爱的公寓。正如俗语所云，想想另一种选择吧。[1]

如今我已过了四个60岁生日，诸位读到这篇文章时，我很

1. 法国演员莫里斯·切瓦力亚曾说过一句名言：Old age isn't so bad when you consider the alternative. 意思是衰老还不算太糟，如果你想想另一种选择的话。“另一种选择”是“死亡”的委婉说法。

可能已经过了第五个60岁生日。我还可以勉强撑过60岁，但61岁就没那么好玩了，62岁更次之，63岁是个灾难，64岁会让我产生生理性厌恶，65岁简直让人恨之入骨。我可不会亲自透露这些阴暗的想法。从外表看，我是个开朗阳光甚至盲目乐观的人。但坦白说，迈入60岁大关实在太悲哀了。长长的阴影无处不在：朋友不是归于尘土就是病魔缠身。忧郁的氛围挥之不去，你不得不沮丧地承认，你的人生——无论有多快乐有多成功——仍然充满了大大小小的失望与错误。有些梦想永远无法成真，有些抱负永无实现之日。简而言之，人生处处是缺憾。伊迪丝·琵雅芙（Edith Piaf）的成名曲《无悔》是一首好歌，我懂得她的心情。我可以代入自己的感情；我大可以言之凿凿地说我没有什么值得后悔的。毕竟，我犯过的大多数错误最后要么使我变得更坚强，要么变成了有趣的故事，有的甚至还让我赚了一点小钱。但说老实话，我后悔极了。

市面上写给高龄女性的书五花八门，形形色色。据我所知，它们讲的都是清一色的乐观论调，满篇陈旧空洞的说教，还说什么女人一旦摆脱了抚养孩子的痛苦义务、月经和全职工作后，生活该变得多么美好。我发现这些书全无用处，和我以前读过的关于更年期之类的书一样烂。为什么有的人硬要写书说老年人比年轻人更幸福？这根本不可能。就算大脑一点儿也没有退化，你也得动不动就得去苦苦思索前一天见过的人叫什么名字。就算身体机能再好，你也不能像以前那样切洋葱，不可能骑车几英里还毫无骨折的危险。如果还在工作，你会被年轻人围剿。如今无论是市场、人口结构还是时代潮流都是他们占主导地位，他们要抢你的工作，而且很快就能得手。如果还有艳福能享受男欢女爱的话，你也永远找不回曾经的高潮。还有一点，你不能穿比基尼。唉，我真后悔26岁的时候没有一整年都穿比基尼。如果有年轻人读到这篇文章，请马上穿上比基尼，动作要快，不到34岁就千万别脱下。

一天，一位杂志编辑找我，她和我一样也已年过六十。她的杂志准备出一期有关年龄的特刊，所以想请我写篇文章。我们开始讨论这个话题，她说："你知道什么最让我抓狂吗？为什么我们这个年龄的女人总喜欢说'在我那个年代……'？现在就是我们的年代！"

但现在并非我们的年代，现在是他们的年代。我们只是死赖着不离场而已。我们不能穿工字背心，我们不知道50 Cent[1]是谁，手机上所有的功能我们几乎都看不懂。如果不小心在遥控器上按错键导致电视屏幕一片雪花，我们不知道该如何还原。（这才是真正的空巢之痛：孩子们离开了，而只有他们会用遥控器。）科技是个贱人。我如今想听个心爱的电台节目，

1. 美国说唱歌手。

都不知道该在车载电台上按哪个按钮。自行车上的齿轮看得我一头雾水。唉，我没法骑自行车了！谢天谢地，至少现在还没人给我送数码手表。诸位如果碰巧是我的朋友，请千万别送我任何数码之类的玩意儿。

有一天，我去洛杉矶的一家商店购物，里面的牛仔裤对我来说正好很合腰。当我突然发现前面的顾客竟是南希·里根[1]时，我几乎吓得发蒙。你知道我有多老了，居然和南希·里根在同一家商店购物。

总之，我对那位编辑说，你错了，大错特错。如今不是我们的年代，是他们的年代。然而她不撞南墙不罢休。她说，这样也好，我倒有了另一个想法：帮我们写一篇“痛恨变老”的文章吧。我告诉她，找个只有50岁的人写这类文章吧。就算我

1．美国前总统罗纳德·里根的妻子，生于1921年。作者生于1941年，比南希·里根整整小20岁。

曾经痛恨过变老，但这种心情早已过去。我现在很满意自己的年龄。

不过有句话还是不吐不快，我实在想不通为什么这么多人一写年龄就胡说八道——尽管我深深理解没人愿意读到那种说“变老是噩梦”的文章。我们这一代人从小受的教育是，我们几乎无所不能。我们积极主动，老天，我们还恨不得抢占先机。我们会正面思考。我们有力量。我们重视任何建议。如果某种药片有用，我们就会服用。如果处于某种状态可以事半功倍，我们就希望达到那种状态。当听说某种刚刚上市的天价面霜可以使时光倒流时，就会毫不犹豫地出门把它买回来，尽管我们深深明白广告词都是骗人的。最近购入的五款垃圾面霜就是证明。为了预防阿尔茨海默症，我们玩填字游戏；为了预防癌症，我们每天吃六颗杏仁；为了将任何隐患掐灭于萌芽状态，我们不惜把全身器官都扫描一遍。我们可以控制一切。生命的方向盘由我们一手掌握。我们始终处于时代前沿。我们可以列出长长的清单。我们寻找更多永葆青春的方案。我们在网络的海洋里遨游。

但有些事情却是绝对、肯定且完全无法控制的。

就是那个以D开头的字眼[1]，我偏不说出来，但这并非忸怩作态。迈入60岁大关之时，你一命呜呼或重病缠身即将奔赴黄泉路的概率会一路飙升。死亡是狙击手。你心爱的人、喜欢的人、认识的人纷纷被伏击，它无处不在。下一个可能就是你。也许你可以躲过一劫，但很快你又会成为狙击手的目标。

与此同时，朋友们相继离世，留下你一个人站在原地，孤单、心痛、愧疚、无助和绝望排山倒海而来。你无能为力。每个人都会死。

1．指death（死亡）。

“答案是什么？”格特鲁德·斯泰因[1]临死前问爱丽丝·B.托克勒斯。

爱丽丝没有回答。

“既然这样，那问题在哪儿？”斯泰因又问。

哇，问得好。

不过也不尽然。在我脑海里常会盘旋这样一些问题：比如，你是败家子还是守财奴？你是把每天当生命的最后一天来过，还是以为自己还能再活二十多年所以拼命存钱？生命到底是太短还是太长？你是疯狂工作，还是放慢脚步细嗅玫瑰？我们该将碳水化合物置于何地？难道我们真的要在有生之年拒绝面包吗（尤其是在如今美国的面包美味得几乎销魂夺魄之时）？那我们还要吃巧克力吗？格特鲁德·斯泰因，我要问你

1. 美国女作家与诗人，爱丽丝·B.托克勒斯是她的同性恋恋人。

一个问题——我们还要吃巧克力吗？

去年，我的闺蜜茱蒂过世了。我和她无话不谈。她是我最好的朋友，我视她如姐妹、如母亲，有时甚至视她为女儿，她是万能角色之王。一天她打电话说，她撞到了一件极诡异的事，舌头上居然长了肿瘤。之后不到一年，她就去世了，享年66岁。她到临终前都不想死。她死得很痛苦。如今她去了另一个世界。我每天都会想她，有时一天要想六七次。像这样一个周末，我本应和她一起去布里奇汉普顿看“春园”古董展。隔壁房间的壁炉栏就是她在古董展上发现的，壁炉上方贴的那张海鸥画也是她给我的，这一切才过了两年而已。转眼又是一个六月，每年六月我们中间就有一个人必做玉米面包布丁，这样的搭配虽然可笑，但我们都很喜欢，它的原料仅为玉米面包预拌粉和奶油玉米罐头。茱蒂的布丁里面总是放酸奶油，而我的则为无酸奶油版本。“嗨，甜心。”她每次给我打电话总这样称呼我。“嗨，宝贝。”“哈啰，我亲爱的。”无论是对我还是对其他认识的熟人，她似乎从未直接喊过名字。我有一条她的白色羊绒披肩，她过世后我披了好几天。我把自己裹在披肩里，甚至披着它睡觉。但现在我舍不得披它了，因为这似乎是我的茱蒂留在这世上的最后一丝痕迹了。我要和她说话。和她共进午餐。我要她给我一本她刚刚读过的好书。她的一颦一笑仍然历历在目，我没法相信，她已离开，只余我独活。

在发现舌头上长有肿瘤的几个月之前，茱蒂和我出去吃午餐，庆祝一位朋友的生日。那一年至为痛苦，差不多每个星期都能听到熟人的死讯。吃饭时我说，那我们该怎么办？难道不该谈这个吗？我们每个人终归要走到那一步。死亡无处不在。我们怎么躲得过？那位过生日的朋友说，噢，好啦好啦，我们不要纠结了。

是的，我们不要纠结。

不要。

其实那个时候我想和茱蒂谈谈死亡，趁我们还没有生病、还没有油尽灯枯的时候。我想推心置腹地谈谈比如“你到了终点会想要什么”这个话题——呃，我确实提到了“终点”，但这是整个话题中最诡异的一部分。实际上，死亡并不给人终了或是不可避免的感觉。它似乎仍然……还是可以避免的。不过并非如此。我们的大脑有一部分明白所有人都会死，但在某种程度上却又拒绝相信。

但我还是想和茱蒂谈谈死亡，这样等不可避免的事发生时，我们可以知道彼此的心愿，无论对方希望以何种方式告别人世，我们都可以相互成全。可一旦医生发现了她的肿瘤，这种谈话自然就成了禁忌。当你活得好好的，没有生命危险之时，立生前遗嘱会容易得多，因为那时它只是假设而已。如果我们谈过死亡，那现在会有什么不同呢？如果没有得病，你肯定不知道死是什么滋味。你大可以想象自己视死如归，但真到了那个时候你可能会被吓破胆。你大可以希望自己会坦然接受死亡，但到了那个时候你很可能只会死命抗拒。你不知道自己的病情是否致命，不知道该如何反应，也不知道能有什么选择。你甚至不知道能不能了解到预后的真相，因为真正的问题是：真相是什么？谁会告诉我们？我们难道真要听吗？

几个月以前，我的朋友亨利去世了。他是我们公认的幸运儿。享年82岁，一生多姿多彩，生活富足，事业成功。他对抗黄斑变性[1]的方式真让人为之喝彩，两年以来，他的朋友几乎都不知道他看不见。然后，他写了一本讲述自己逐渐失明的书，这本书的重量级很可能要胜于他这一生所有的伟大成就。他死于心脏衰竭，安详地在睡梦中离开，爱他的家人都守护在

1．一种不可逆的“眼底癌症”。

他身边。在去世的前一天，亨利央人去他的办公室把一只大号的棕色多档文件夹取来，原来里面装的都是他年轻时收到的情书。他把情书一一寄还原主，并给每个女人写下了温馨的短笺，然后销毁了剩下的东西。更令人吃惊的是，他还给自己的葬礼做了全面详细的安排，包括要放什么样的音乐。所有事项被一一列出，保存在电脑里一个名为“退场”的文件中。

我真心钦佩亨利，他处理死亡的方式令我震撼，太励志了，只是我不知道如何效仿。比如说，我以前收到的情书如今已悉数遗失（这并不是说我以前有大把情书）。就算我能全部找到，而且也能一一寄还原主，我敢打赌他们一定会看傻眼的。我和这些男人已经多年不相往来，种种迹象表明，他们所有人似乎都非常善于忘记我，在这方面他们的本事实在太强了。不过安排葬礼我还是很在行的。举例来说，如果葬礼过后要宴请宾客，我知道可以提供什么食物。莱克星顿大街上那家名为“威廉·波尔”的店卖的手指三明治就挺不错的，酒水就用香槟好了。我喜欢香槟。这样的气氛真喜庆。但其他的，我就不知道该如何安排了。我甚至不知道是该土葬还是火葬——大半是因为我一直担心火葬会在某种程度上降低投胎转世的概率。（如果真有投胎转世这回事的话。然而，就我所知是没有的。）

“我不想死。”茱蒂说。

“我相信奇迹。”她说。

“我爱你。”她说。

“你相信这种事吗？”她说。

不，我不相信。我仍然不能相信。

但我们不要纠结。

让我们展颜一笑。

恣意大笑。

吃喝玩乐。

把握当下。

生活还要继续。

它可能会变得更糟。

有一天我们甚至得考虑时下流行的“另一种选择”。

与此同时，我们仍然在这里。

到底该怎么办?

我不知道。也许答案已在不言中。再过几分钟，我的这篇文章就写完了，我会马上回归生活本身。松鼠把屋顶掏了一个洞，我们不知该如何是好。马上就要下雨了，我们得把沙发靠垫拿进屋子。我得买更多浴油。唉，我才想起，在此有必要谈谈浴油。我现在用的浴油正好是我的心爱之物，它的全称是“德国世家柠檬浴油”。大约20美元一瓶，按说明足够用两个星期。上面写一次用一瓶盖，但一瓶盖根本没感觉。一瓶盖是不够的，我很早就明白了这一点。如果说最近这几年让我有什么心得的话，那就是不要抠抠搜搜地用浴油，如果明天就要死去今天还拼命节省，那可真是个白痴。因此我猛用浴油，用量之多绝对超出你的想象。泡过澡后，浴缸里一层油，有如发生了石油泄漏事件的海面。但幸亏有了这种浴油，我的皮肤有如丝绸般光滑。我得出门再买些浴油，现在就走，再见。

/// 致谢 ///

在此我要感谢阿曼达·厄本、迪莉娅·艾芙隆、杰罗姆·卡斯、戴维·瑞姆尼克、艾米·格罗斯、谢莉·万格和鲍勃·戈特利布。

此外我还要感谢辛苦奉献、帮助我对抗地心引力的所有人。由于你们的努力，我现在看起来要比实际年龄至少年轻一岁。都知道我说的是谁吧。

我们没法事事周全。